南相馬メドレー

柳美里

第三文明社

南相馬メドレー

はじめに

「南相馬メドレー」の連載を始めたのは、鎌倉から南相馬に引っ越したばかりの時でした。

もうじき五年になる今だから、引っ越し当時の気持ちをそのまま書くことができます。南相馬の住民や地元紙の記者に「思い切った決断をしましたね」という言葉を向けられると、「いいえ、思い切った、という感じはしません。流れに身を任せただけです」と答えていましたが、実際は、やはり、思いを切ったのです。

息子は、一歳から十五歳まで鎌倉で過ごしました。

鎌倉の家は、わたしが初めて土地を選び、細々《こまごま》と注文して設計し、一年中いつでも花が咲いているように辛夷《こぶし》、梅、沈丁花《じんちょうげ》、桜、花水木《はなみずき》、牡丹《ぼたん》、山樝子《さんざし》、合歓木《ねむのき》、百日紅《さるすべり》、金木犀《きんもくせい》などの庭木を選んで配置し、メダカ、ドジョウ、ヤマトヌマエビ、タニシを放ってビオトープを造り、わたしの好きなクライミングローズを門扉《もんぴ》のアーチに仕立て、息子がおこづかいとお年玉を貯《た》めて一鉢一鉢蒐集《しゅうしゅう》した二百鉢以上の洋蘭《ようらん》のための大きなガラス温室があり――、つまり、愛着のある住まいだったのです。

住まいだけではなく、毎日のようにランニングをしていた源氏山公園から由比ヶ浜《ゆいがはま》に抜ける道、息子の幼稚園に通った鶴岡八幡宮の桜や蓮《はす》や藤棚《ふじだな》、流鏑馬《やぶさめ》や花火大会などの行事や鎌倉時代の史跡にも、自分と家族の無数の物語が織り込まれていました。

だから、家族でテレビを観ている夕飯の最中に鎌倉の町並みが映ると、わたしの心は凍りつきました。消そうとも言えず、画面から目を逸《そ》らすこともできず、人手に渡った自宅のある扇ガ谷《おうぎがやつ》周辺が映らないように、と祈るような気持ちでテレビを睨《にら》んでいました。

仕事で東京に出張した帰りに、東京駅構内を横須賀線ホームに向かって歩いてしまい、あ、違う！と叫《さけ》んで足を止めたことも一度や二度ではありません。

南相馬でも、町を歩いていて、ふと道路標識を見上げると、「浪江《なみえ》 いわき方面」という地名が目に入り、茫然《ぼうぜん》と立ち尽《つ》くすことがあります。

ずいぶん、遠くに住んでいるな、と――。

そのたびに、わたしは、原発事故によって住み慣れた地域から引き剝《は》がされて避難生活を送っている方々の心と、朝鮮戦争時に身一つで日本に逃《のが》れて来た祖父母の心を近くに感じます。

わたしの場合は、わたしの決断に依《よ》る転居なので、原発事故や戦争によってある日突然暮らしを奪われた人の痛苦とは比較にはなりませんが、この世に生を亨《う》け八十年あまりでこの世を去っていく人間にとって日々の暮らしとは何か？　暮らしの安定とは何なのだろうか？　と考えずにはいられなかったのです。

わたしは、息子と、鎌倉から南相馬に転居した時の気持ちについて話したことがありません。

息子は、昨年の春、大学進学のために北海道に転居しましたが、春や夏や冬の休みには南相馬の家に帰ってきます。その前後に必ず、息子は鎌倉の祖母（わたしの母）の家に何泊かしているのです。息子の方から「静雨庵《せいうあん》のチャーシュー麺は、やっぱり日本で一番美味《おい》しいラーメンだね」とか、「化粧坂《けわいざか》切通しから源氏山公園に登って、ハイキングコースを歩いてみた」などと報告されることもあり、そこまで行ったのなら、自分が十五年間暮らした家の前にも行ってみただろうと思い、そう思った瞬間、記憶の中の家《いえ》路《じ》を風が吹き抜けるのです。

でも、「扇ガ谷の家に行ってみた？」と質問することはできない。その質問を口にする時の自分の顔と、その質問の答えを口にする時の息子の顔を、想像することすら怖いから——。


メドレーというのは、間にナレーションなどを入れずに、いくつかの曲を続けて演奏することです。

ある曲では、わたしの人生における劇的な変化を奏《かな》でています。

ある曲では、朝起きて夜眠るまでの単調ともいえる日々の暮らしを奏でています。

ある曲では、過去の悲しみを奏でているかもしれません。

未来に向かうということは、過去を置き去りにすることではありません。

未来に一歩足を進めるごとに、その一歩分の過去を担《にな》うことができる、あるいは、過去に一歩足を進めるごとに、その一歩分の未来を担うことができる。

さぁ、わたしが歌う「南相馬メドレー」を聴いてください。

そして、あなたの声で、いくつかの歌を口ずさんでいただければ、うれしいです。

南相馬メドレー　もくじ

二〇一七年

二〇一八年

二〇一九年

二〇一五年

南相馬に転居した理由《わけ》

福島県南相馬市原町区に転居したのは今年の四月四日のことでした。

震災直後に作業員の方々が寝泊まりし、その後空き家となっていた一軒家を地元の建設会社からお借りしたのです。築六十年以上経《た》っているため、わたしたちが転居したら取り壊すということで、四匹の猫たちとの同居を認めてもらいました。

家の下見をしたのは、三月二十四日でした。

開けっ放しになっていた勝手口の木戸から野良猫が飛び出してきて、わたしと息子は絶句しました。襖《ふすま》や障子《しょうじ》が破れていたのは想定の範囲内でしたが、窓ガラスは割れ、畳は腐り、板の間《ま》は一部が抜けて天井《てんじょう》には穴が開いていました。風呂釜も壊《こわ》れていて使えませんでした。

先日、福島県中通りにある飯坂《いいざか》温泉に行った帰り、八木沢峠《やぎさわとうげ》を抜けて街の灯が見えた時に、「不思議なもので、よその場所に出掛けると、南相馬に帰ってきたなと思うよね」と言うと、「ぼくはまだ、鎌倉の方が帰ったなという感じがするな」と、息子は珍しくしんみりした声で言いました。

思い出のほとんどが鎌倉の風景と共にある息子にとっては、鎌倉が故郷なのでしょう。

「何故、観光地や移住先として人気が高い鎌倉の持ち家から、レベル七の爆発事故を起こした東京電力福島第一原子力発電所から二十五キロしか離れていない南相馬の借家に転居したのですか？」と、この半年間質問され続けています。

転居の一番大きい理由は、二〇一二年三月十六日の放送から、「南相馬ひばりエフエム」で「ふたりとひとり」※という三十分番組のパーソナリティを毎週務めていることです。

「ふたりとひとり」では、わたしが聴き手となって、親子、兄弟、師弟、友人、同僚、夫婦、お隣さん、部活の先輩後輩、職場の上司部下など、ありとあらゆる関係のお二人に出会いから現在までの記憶を語っていただいています。

「南相馬ひばりエフエム」は、東日本大震災の一カ月後に、南相馬市役所の西庁舎三階にある十畳ほどの資料室に開設された臨時《りんじ》災害放送局です。臨時災害放送局というのは、暴風、豪雨《ごうう》、洪水《こうずい》、地震、大規模な火災などが発生した場合に、その被害を軽減す

※「ふたりとひとり」アーカイブ http://yu-miri.com/?p=288

るために役立つことを目的とする臨時のラジオ放送局です。

「ふたりとひとり」を担当することが決まった二〇一二年元日の時点では、おそらく一年後には閉局《へいきょく》されるだろうという見通しだったので、「閉局の日まで続けます」とわたしは約束をしました。

番組開始から二年が過ぎたあたりから交通費や宿泊費を工面《くめん》するのが苦しくなり、約束を果たすためには南相馬に転居するしかない、と考えるようになりました。

放送を通じて出会った地元の方々と親しくなり、家族ぐるみのつき合いをするようになったことも大きいです。

南相馬の方々の苦楽は暮らしの中にあるのだから、暮らしを共にしなければその苦楽を知ることはできない、とも思いました。

朝鮮戦争時に難民として日本に密入国《みつにゅうこく》した祖父が、かつてここ原町でパチンコ屋を営んでいた、という縁にも後押しされました。

転居するならば、息子が鎌倉の中学校を卒業し、高校を受験するタイミング、今年の春しかない、と心を決めたのです。

半年前、南相馬に移住することをツイッター上で公表すると、「狂ってる」「虐待《ぎゃくたい》じゃないの?」「自ら人体実験しに行くとしか思えない」「子どもが気の毒だ」「まさに特攻隊」「放射能《ほうしゃのう》汚染《おせん》がたいしたことないとアピールするための子連れ移住。国や東電から分厚《ぶあつ》い金一封をもらっているに違いない」などという誹謗中傷《ひぼうちゅうしょう》やデマが押し寄せました。

現在、息子は福島県立原町高等学校に通い、吹奏楽《すいそうがく》部《ぶ》のフルート奏者として全国吹奏楽コンクールへの出場を果たしました。

ここ南相馬で、わたしたちは、南相馬の人々と共に生きていきます。

二〇一五年　南相馬に転居した理由

原町高校入学式後に

台所の正方形の窓

南相馬での暮らしが始まったのは、ちょうど季節の変わり目でした。

鎌倉の桜は満開でしたが、南相馬の桜はまだ蕾《つぼみ》が多く、「家の近所で二度も桜を楽しめるなんて得しちゃったね」と、わたしは息子の気持ちを引き立てました。

南相馬の我が家は築六十年以上のトタン家なのですが、台所と子ども部屋と二階と物《もの》干台《ほしだい》は必要に応じて五月雨式《さみだれしき》に増築したらしく、柱に「昭和五十七年九月」などと日付が記してあります。おそらくこの建て増しが無謀だったのでしょう、増築部分が沈下《ちんか》して床《ゆか》が傾き、これに引っ張られる形で家全体に歪《ゆが》みが生じている。二階の重みを支え切る柱の強度も足りない。柱と建具との間に隙間《すきま》があり、日に日に扉や窓の開け閉めができない箇所が増えているので、今も少しずつ沈んでいるのでしょう。

東日本大震災と対になるM8級のアウターライズ地震がいつ発生してもおかしくないという状況なので（たとえば一八九六年本震の明治三陸地震M8・5に対する、

一九三三年の昭和三陸地震M8・1のように）家の耐震性《たいしんせい》は不安材料ではあります。地震が大きそうだったら外に出た方がいいね、と家族で話し合っています。

でも、わたしは、最も傾きの大きい（冷蔵庫の扉を開けるとひとりでに閉まる）台所が嫌いではありません。力任《まか》せに開けないと開かない大きな窓があるのです。ガラガラッと大きな音を立てて窓を開けると、隣家の屋根に集《つど》っているスズメたちが驚いて空に散らばります。窓枠に塗ってある白いペンキがウロコ状に剝《は》げ落ちて見すぼらしいのですが、正方形の額縁《がくぶち》のような窓なのです。

窓からは、小さな庭が見えます。

胸の高さくらいのブロック塀があり、隣家の駐車場があります。

駐車場の向こうは、道一本隔《へだ》てて相馬農業高校の校庭で、トタン塀の上から樅《もみ》の木が突き出しています。

樅の木にはカラスの巣があり、真夏に一羽の雛《ひな》が巣立ちました。

うちと同じ一人っ子か、と親近感をおぼえて、彼らの子育てを観察していました。

カラスは一夫一妻制で、両親で協力して子育てをします。小鳥の雛は一カ月もかからずに独立するのですが、カラスは半年以上親離れできない雛もいます。

その一人っ子は、同時期に生まれた他の雛たちが親元を離れて公園や畑で集団行動をしはじめた晩夏になっても、体はもう親鳥と見分けられないほど大きくなっているにも拘《かか》わらず、頭を低くして嘴《くちばし》を開き、翼をせわしなく羽ばたかせて、親鳥に餌《えさ》をねだっていました。

両親は雛の嘴の中に嘴を漏斗《じょうご》のように入れて餌を吐き戻していましたが、そのうちに雛が近寄ると、父親が小さく飛び上がって電線の端に離れ、母親もそっぽを向くようになりました。

雛に未練がましく嘴で頭をつつかれたりすると、仕様がない子ね、という感じで、母親が嘴の奥に溜《た》めていた餌を与え、父親がその様子を遠くから睨《にら》む――、そんなカラスの家族模様を、わたしは台所の窓から観察していたのです。

相馬野馬追《のまおい》の初日、七月二十五日の朝は、その窓から御行列の出陣式に向かう騎馬武者が見えて、「シュールだね」と家族みんなで笑いました。

八月の頭には除染が始まりました。我が家の敷地内の線量は〇・二〜〇・三マイクロシーベルト、雨樋《あまどい》の下は〇・六〜一マイクロシーベルトでした。除染が行われるまでの四カ月間は、どうせ除染が入るのだから、と庭を整備する気持ちになれず、背高泡立草《せいたかあわだちそう》や千萱《ちがや》や雀帷子《すずめのかたびら》などがはびこってしまい、毎朝、雑草をよけたり踏みつけたりしながら洗濯物を干していました。

除染というのは線量の問題だけではなくて、日常生活が保留にされ、精神状態が宙吊《づ》りにされるのだな、と思い知らされました。

除染の日の夜、わたしは鎌倉の家の庭のグランドカバーにしていた白詰草《しろつめぐさ》とダイカンドラの種をインターネットで注文しました。

線量がどれだけ下がったかという確認はしませんでした。

種が配達されると、ホームセンターで覆土《ふくど》に使うバーミキュライトを買い、袋の端を鋏《はさみ》で切って、手の平に小さな種を出しました。白詰草の種は辛子色《からしいろ》、ダ

「台所の正方形の窓」から見えるカラスの母子

イカンドラの種は空色のコーティングがしてありました。

種蒔《たねま》きを終えて、麦藁帽子《むぎわらぼうし》と眼鏡を取って首のタオルで顔の汗を拭い、眼鏡をかけ直すと、なんと種が動いていた、一斉に——。熱中症による目の錯覚かと思ったのですが、顔を近づけてよく見てみると、蟻《あり》たちが種を巣に運ぼうとしていたのです。

その光景の美しさに見惚《みと》れてしばらく突っ立っていたのですが、種を盗《と》られてなるものか、と慌てて覆土しました。

白詰草とダイカンドラは、今のところ無事に育っています。

最低気温が氷点下の日が続く東北の冬を越せるかどうか不安なので、防寒対策として落葉は積もるままにしてあります。

わたしは四十七歳にして初めて自分を生活者として位置付けている気がします。

いま、小説に書きたいのは、日々繰り返される生活です。

生活の中にこそ、絶望を擦《す》り抜ける小道がある。

わたしは今日も台所の正方形の窓から庭を眺めています。

五月に白詰草の白い花が咲いたら、庭にテーブルを出して熱いミルクティーを飲もう、と夢想しながら——。

漂泊の果てに

年の瀬になりました。

物書きにとって十二月は、「年末進行」という魔物《まもの》に襲《おそ》われる時期です。

「年末進行」とは、年末年始に印刷所や製本所などが休みに入るために、原稿の締切日や雑誌の校了日が繰り上がることを指す出版業界用語ですが、どの業界でも、また家庭でも、年越しの準備に追われて忙しくなる時期です。

と同時に、カレンダーが残り一枚になると、「月日の経《た》つのは何て早いんだろう」と、過ぎた月日を振り返ります。

四月四日に南相馬市に転居して、八カ月が過ぎたことになります。

南相馬市の震災前の人口は、七万二千人弱でしたが、地震と津波と原発事故に襲われた二〇一一年三月十一日直後に九千人にまで減少しました。

その後、徐々に回復をし、現在の実人口は五万人程度と聞きました。

「避難指示が解除されたら帰ろう」と仮設住宅や借り上げ住宅で避難生活を続けているのは、たいていお年寄りです。小さな子を持つ若い夫婦は、帰らないと心を決めて既《すで》に市外や県外に転居をした人も少なくありません。その結果、南相馬市は、六十歳以上の人口比率が四十五パーセントを占める日本有数の超高齢化地域となってしまったのです。

この街に残ると決めた住民も、この街を去ると決めた住民も、その心は無傷ではありません。

わたしは、「南相馬ひばりエフエム」の「ふたりとひとり」で、南相馬在住の方々だけではなく、他県に避難されている方々のお宅に伺って収録したこともあるのですが、必ず匿名《とくめい》を希望されます。帰らないという自分の選択に対して後ろめたさを感じているのです。

原発事故前は長男家族と同居していたという七十代の女性は、避難したまま帰ってこない長男に、「これからどうするつもりなのか、怖くて訊《たず》ねられないでいるの」と言います。二世帯住宅にたった独りで暮らす日々の中でふっと、「死にたい」という言葉が浮かんでしまう、と——。

それでも、老人たちには、生まれ育った街から離れて、子や孫が転居したよその街で暮らすという選択肢はないのです。

この街で、この家で死にたい、と強く思っているからです。

わたしは、祖父が生まれて死んだ韓国慶尚南道《キョンサンナムド》の密陽《ミリャン》という小さな街のことを想《おも》います。

朝鮮戦争によって、密陽は住民同士が密告し合い、殺し殺される戦場となりました。祖父は処刑される寸前に脱獄して（祖父の弟は殺害されました）単身日本に逃れ、祖母は母たち四人の子どもを連れて、小さな漁船で日本に密入国したのです。

戦争によって着の身着のままで投げ出され、絶えず不時着を繰り返すような人生を送ってきた祖父母の気持ちを直接聞いたことはありませんが、癌《がん》を患《わずら》い死期

南相馬市原町区の中心部

が近いことを悟《さと》った祖父は、営んでいたパチンコ屋を処分して故郷に戻り、たった独りで息を引き取りました。

わたしは、「ここが故郷だ」「この街がホームタウンだ」と土地に所属感を持ったことは一度もありません。生まれてから四十七年間で十五回も転居をしているし、十代、二十代の頃は、戯曲や小説を書く際には旅に出て、書き上げるまでは帰宅しない、と山奥の温泉宿や小さな島に何カ月も自主缶詰になっていたからです。

日本人であるとも韓国人であるとも言い切れない在日韓国人という立場から、国家というものにも所属感を持てずにいます。

中学受験をして中高一貫教育のミッションスクールに入学したものの、高校一年で退学処分になったため、学校にも所属感を持てませんでした。

小学生の時に父と母の離別によって家族が散り散りになり、家族にすら所属感を持てずに育ったのです。

でも、いま、わたしは、この街と親密な関係を築いています。

親密さの核に在るのは痛みです。原発事故によって漂泊を余儀《よぎ》なくされている人々の痛みによって、漂泊の果てに生まれたわたしの存在そのものに宿っている痛みが揺さぶられる。痛みを感じつつ住まうことによって人々と繫《つな》がり、その繫がりの中で温《ぬく》もりや優しさを日々育んでいるのです。

わたしは最近よく、「この街のことを」という歌を口ずさみます。

「この街のことを」は、一九七七年に上演された「東京キッドブラザース」のミュージカル「黄金バット復活版」のメインテーマ曲です。

十五年前に癌で亡くなったわたしの伴侶、東由多加《ひがしゆたか》は「東京キッドブラザース」という劇団を主宰していました。わたしは十六歳の時に、俳優としてキッドに入団しました。

東はわたしに「あなたは演じるよりも書いた方がいい」と勧めてくれた物書きとしての師でもあります。

東の告別式は、二〇〇〇年四月二十五日に東京信濃《しなの》

町《まち》の千日谷会堂《せんにちだにかいどう》で行われました。
わたしの弔辞《ちょうじ》の後にキッドのメンバー全員で「この街のことを」を献唱しました。

ひと言　ただひと言だけ
別れの前に言わせて
あなたに　ただあなたにだけ
わかるはずの言付《ことづ》け
忘れないで　忘れないで
この街のことを

二〇一六年

南相馬での年越し

南相馬で年を越すのは二度目です。

一度目は、二〇一一年の十二月三十一日。帰省ラッシュのピークは過ぎているだろうと高を括《くく》っていたのですが、東京駅のみどりの窓口は長蛇《ちょうだ》の列でした。自由席車両の通路とデッキは通り抜けられないほど混んでいて、仙台に到着するまでの二時間、わたしはトイレ横の壁にスーツケースを置いて、その上に腰掛けていました。

当時はまだ高速バスの運行が再開されていなかったので、仙台から常磐線に乗って亘《わた》理《り》で降り、亘理から津波の被害で不通となっている七駅間は代行バスに乗り、相馬から再び常磐線に乗って、原ノ町に到着したのは午後十時過ぎでした。

わたしはホテルのフロントにスーツケースだけ置いて、南相馬の住民が初詣をする七つの寺社を巡りました。

当時のわたしは、どうしたら「他者の痛み」に責任を持てるだろう、ということしか頭になかったような気がします。責任は、他者との関わりの範囲内にしか及ばないものです。南相馬で暮らす方々のお話を聴くことから関わりを始めよう、と「南相馬ひばりエフエム」で「ふたりとひとり」という番組を受け持つことを決めたのです。

今年、家族で南相馬に転居して初めて年を越しました。

わたしは息子が生まれてから、四季折々の日本の伝統行事は、どんなに忙しくても行うように心掛けてきました。土日、祝祭日、盆暮れの休みすらない物書き稼業《かぎょう》だからこそ、連続して流れてやまない時間に節目が必要だということもありますが、日本国籍を持つ息子に日本の伝統文化を伝えたかったのです。

大晦日の柳美里宅

松飾りや注連《しめ》飾りや鏡餅の飾りは、出来合いの物を買うのではなく、息子と二人で散歩がてら、庭や山から裏白《うらじろ》やゆずり葉や南天《なんてん》を採《と》ってきたり、和紙専門店で紅白や金銀の水引や奉書紙を買い求めたりして拵《こしら》えました。

正月飾りや雑煮の具材や味つけは各地方や各家庭によって異なります。南相馬ではどんな風に飾りつけるんだろうとわくわくしながら、十二月三十日の朝、玄関の外に出てみました。

なんと、門松や注連飾りをしているお宅は皆無《かいむ》。唯一、クリスマスにオープンしたばかりの大型パチンコ店が、自動扉の左右に三本組の竹と松を藁《わら》で巻いた立派な門松を置いていました。

わたしたち家族は門松を求めて、原町の駅通りにある創業百年の生花店「諸井緑樹園」に行ってみました。鎌倉の花屋では二本一対にして販売されていた枝振《えだぶ》りのいい若松は見当たらず、正月花として花器に生けるような丈の短い細い松だけが店頭に積み重ねられていました。

「あのぉ、門松は?」

わたしは訊《たず》ねてみました。

「拝《おが》み松ですか？」

女性店員がわたしに訊ね返しました。

「拝み松？　それって、どこに飾る松ですか？」

「土間か神棚に飾るのが一般的ですね。神棚に寝かせてお供《そな》えする場合は一本ですね」

土間……一本……門には飾らない……。

「拝み松」を包んでもらっている間に店内を見てまわると、入口近くに半紙が重ねられていることに気づきました。直感的に、これは鏡餅の下に敷く奉書紙だなと思いました。

「これ、ください」

「何枚ですか？　海老？　昆布？」

「ん？」

と、言われて見てみると、なるほど、右が赤い渦巻状の円に絡みつくように描かれた黒い海老、左が黒い昆布です。

「昆布は仏様、海老は神棚やその他ですね」

その他に何が含まれるのかを、さらに質問するのは気が引けました。

「あ、じゃあ、海老を一枚。この紙、何て言うんですか?」

「たまがみです」

店を出てからインターネットで調べてみると、「玉紙(魂紙)」の中央に描かれている赤い渦巻きは「宝珠《ほうじゅ》」を表しているそうです。宮城県と福島県の一部地域で伝えられている正月飾りの一つで、小さめの鏡餅を重石《おもし》にして神棚には左右二枚、仏壇には一枚垂らして絵柄を見せ、玄関先や台所などには神棚用を使うのだそうです。

その足で、隣の鹿島区にある菓子店「松月堂」にのし餅を取りに行きました。

前日に、のし餅を売っているかどうかを松月堂に電話をして問い合わせました。

「注文に応じて搗《つ》くので、何時に取りに来られますか?」

「じゃあ、十二時に」

「何升《しょう》ですか?」

「え? 升?」

「一升から承っております」

「じゃあ、一升で……」

一升という馴染《なじ》みのない単位にも面食らいましたが、直前の注文にも拘《かか》わらず、客が取りに来る時間に合わせて搗くという心遣いにも驚きました。

デコレーションケーキを入れるような白い紙箱の蓋《ふた》を開けて、半円状の板蒲鉾《いたかまぼこ》のような一升餅が二本入っているのを目にした時も、その形状の意外性に驚き、わたしたちは顔を見合わせて笑いました。

年末年始、わたしたち家族は、新しい場所で、旧《ふる》いしきたりに触れ、それを我が家に取り入れることを楽しみました。

この地に住む人の暮らしを満たしている感覚を味わってみたい。それを知らなければ、原発事故後もこの地に残っている人々、この地を離れた人々の気持ちに通じることはできないと思うからです。

教壇に立つ

この一年間、わたしは教壇に立っていました。

福島県立小高《おだか》工業高等学校で講義を行っていたのです。

小高工業高校は、東京電力福島第一原子力発電所から十四キロ地点の南相馬市小高区吉名《よしな》にあります。原発事故から五年になる現在も「避難指示解除準備区域」に指定され、本校舎を使用することはできません。

生徒たちは、入学から卒業までの三年間を、南相馬市スポーツセンター・サッカー場の一画に建てられた仮設校舎で過ごし、実験や実習の授業がある時は、自転車で十五分ほどかけて日本通運の倉庫内に間借りしている仮設実習棟に移動しています。

この仮設実習棟が、わたしの講義の場所でした。

わたしは、高校一年の時に退学処分になって以来、学校とは縁のない人間です。学校という場所に、トラウマと言ってもいいほどの強い苦手意識を持ち続けてきました。書くことを仕事に選んだ十八歳の時から、自分の苦手なものや嫌いなものを克服するどころか、苦手意識をこじらせ、嫌悪感に拍車《はくしゃ》をかけてきたように思います。

では、何故、この仕事を引き受けたのか——。

きっかけとなる出会いがありました。

「ふたりとひとり」第百回（二〇一四年三月二十一日放送）に、小高工業高校電気科の井戸川義英《いどがわよしひで》先生（六十三歳）にご出演いただきました。

井戸川先生には、小高工業高校本校舎や小高のご自宅をご案内いただき、いろいろなお話をしました。椎《つい》間板《かんばん》ヘルニアの手術のこと、避難先の福島市から車で片道二時間もかけて通勤されているということ、娘さんが東京電力の社員で、富岡町の「居住制限区域」内に新築したばかりの家があるということ——。

そういったお付き合いの中で、「昨今《さっこん》、読書離れが

小高工業高校での授業風景

進み、作文に苦手意識を持っている生徒が多い。その意識を少しでも変えられるような講義をしてもらえないだろうか?」というご依頼をいただき、その場で快諾《かいだく》したのでした。

最初は講演という形で、二〇一五年一月十五日に電気科の一年生と三年生の前でお話しました。その後、国語担当の斎藤純一先生を交えて打ち合わせを行い、新一年生を一年間継続して教える、ということが決定しました。

工業高校は普通高校とは異なり、卒業後に就職を希望する生徒が多く、小高工業高校でも三分の二の生徒が就職します。彼らは通常の教科に加えて、二級ボイラー技士や第一・第二種電気工事士や危険物取扱者乙四類などの資格取得試験のための勉強もしなければなりません。部活動にも熱心に取り組んでいます。

特に野球部は、東日本大震災から僅《わず》か数カ月後の夏の全国高等学校野球選手権福島大会で準決勝に進んだほどの強豪《きょうごう》です。

生徒たちの貴重な時間を任《まか》されたのだから、確実に役に立つ講義を行わなければならない。就職試験には必ず小論文と面接があるということなので、「表現(自己表現・文章表現)」についての講義とワークショップを行うことにしました。電気科、機械科、工業化学科の三クラスあるので、一日のうちに同じ内容の講義を三回行わなければなりません。

一年生は九十九人、全員男子です。地元では「ヤンチャな生徒が多い」と囁《ささや》かれていますが、「将来の夢は?」と訊《たず》ねると、「親に楽をさせてあげたいので、在学中に資格をたくさん取って、早く働きたい」と答える、根は真面目な男の子たちなのです。

二月九日の最後の講義では、わたしがあらかじめ添削《てんさく》し、余白に感想を書いて返却しておいた生徒たちの作文を、別の生徒に音読してもらいました。

その後、読者である生徒の質問に、筆者である生徒が答えるという時間を設けました。筆者には、自分が書いた文章が他人の声によってどのように響くのかということを確かめてもらい、読者には、自分の声で他人の文章を読むという行為を通して書かれた内容に入り込み、著者と対面して共感や疑問を伝えるということを実践してもらいました。

わたしが生徒たちに伝えたかったことは、書き言葉に先立つものは話し言葉であり、話すことは聴くことから始まり、それは肉体的な行為なのだということ。外側からの情報で物事や人を知ったつもりになるのではなく、それらと親身に関わることが何よりも重要なのだということです。

わたしは生徒たちに名刺を渡し、「作文や小論文をどう書けばいいかわからなくなったら、いつでも相談に乗ります」と伝えました。

先生方は生徒たちに、「名刺には柳さんのご自宅の住所や電話番号があるから、ネットに出回るなんてことがないように、くれぐれも取り扱いには注意してください」と釘を刺していましたが、わたしは生徒たちを信頼しています。

『動物倫理入門』という本に、道徳世界には二つの層があって、それは道徳行為の担《にな》い手と受け手である、と書いてありました。

わたしは長い間、道徳行為の受け手として、それに苦悩したり逸脱《いつだつ》したりしてきましたが、これからは道徳行為の担い手として苦闘していきたい。

道徳とは、他者を最大限に尊重し、信頼し、受容することなのではないでしょうか。

三月十一日

三月十一日が過ぎました。

震災以降、三月十一日は必ず南相馬に来ていたのですが、暮らしの中でこの日を迎えてみると、あぁ、わたしは何も知らなかったのだな、と思うことばかりです。

一つは、季節です。

昨春まで暮らしていた鎌倉では、あと十日ほどしたら桜が咲き始めるという時期です。でも、南相馬はまだまだ寒い。最低気温が零度《れいど》近い日もザラなので、夜間はストーブをつけなければなりません。

今日は四月下旬並みということで、最高気温は鎌倉より一度高い十九度でしたが、最低気温は鎌倉より六度も低い二度でした。

この気温差は登山の体感に近い。山の気温は標高が百メートル上がると〇・六度下がります。十七度下がるには、海抜ゼロメートル地点から富士山の七合目辺りまで登ることになります。標高が高い山に登る時は、夏でも防寒用品を持っていくものですが、南相馬の三月、四月は日暮れに備えてダウンジャケットやマフラーや手袋を持って出掛けなければなりません。

二〇一一年三月十一日、南相馬の最高気温は八度、最低気温はマイナス一度でした。宮城や岩手の沿岸部の気温はさらに低かったはずです。

東北は、まだ春ではなかったのです。

今年の三月十一日、わたしは南相馬市鹿島区南海老の津波跡地に建てられた慰霊碑《いれいひ》に向かいました。

二時四十六分、サイレンが鳴り響く中で海に向かって黙禱《もくとう》しました。

津波に呑《の》まれて命を落とした方々、津波に呑まれながらも助かった方々が感じられた冷たさと寒さと苦しみと痛みに居合わせているような――、それは生死の敷居を行き来するような一分間でした。

もう一つ気づいたことは、学生たちの時間の流れです。

三月一日は、高校の卒業式。

八日は、高校のⅡ期選抜試験。

十一日は、中学校の卒業式。

十四日は、高校の合格者発表。

高校の卒業生たちは大学や専門学校の入学や就職に向けて自動車教習所に通うなどして、独り暮らしの準備を進めている時期で、中学三年生たちは高校入試を終え、合否に不安を抱《いだ》きながら卒業式の日を迎えて――。

車の教習中に津波に呑まれて亡くなった十八歳の少年もいるし、中学の卒業祝いの食事会の最中に家族と共に津波に呑まれた十五歳の少年もいます。

わたしは、三月一日に小高工業高校の卒業式に参加しました。

答辞は、生徒会長の渡部真矢くんでした。

彼は、昨年の四月、桜が満開の時期に「警戒区域」

原町高校の合格発表

二〇一六年　三月十一日

（現在は避難指示解除準備区域）内の小高区吉名《よしな》にある本校舎を三年生全員で見に行った時のことを話した後、「わたしたちは本校舎で学ぶことができませんでしたが、わたしたちの魂は小高工業高校の先輩たちの魂と共にあります。わたしたちが三年間を過ごした仮設校舎にも宿っています。わたしたちは勇気を持って前に進んでいきます」という宣言で答辞を締め括《くく》りました。

そして、彼は涙で擦《かす》れた声で卒業生たちに号令を掛けたのです。

「左向け左！　三年間、わたしたちをご指導くださり、ありがとうございました！」

と、卒業生たちは先生方に深々と一礼して、保護者席に向き直りました。

「十八年間、わたしたちを育ててくださり、本当にありがとうございました！」

保護者席からは嗚咽《おえつ》が洩《も》れ、ハンカチで顔を覆《おお》っているお母さんもいました。

わたしは、苦難の連続だった五年間を経た彼らの掛け替えのない今を共に過ごすことができた縁に感謝しました。

三月十四日は、息子が通う原町高校の合格発表を見に行きました。

雨が降っていました。

昇降口の前で傘を開いているのは保護者たちで、三月十一日に中学校を卒業したばかりの子どもたちは自転車置き場の庇《ひさし》の下で雨宿りをしていました。

合格者番号の紙が貼ってあるホワイトボードが表に出されると、子どもたちは一斉に傘を開き、もう片方の手で友だちと腕を組んだり、母親の肩を摑《つか》んだりしながら、ホワイトボードに近づいていきました。

前方から女の子の歓声が湧き起こった瞬間、わたしは、あの日、合格発表を見ることができないまま津波で命を落とした子どもたちの魂の輪郭《りんかく》をくっきりと感じました。

その魂に、自分の役割を教えてもらったように思うのです。

傷つき、痛み、苦しみ、悲しんでいる魂を感知する。

魂に触れ、魂の脈をとる。

脈を聴くことに心を集め、痛み、苦しみ、悲しみを引き受ける。

わたしは、痛苦や悲しみから魂を解き放つようなものを書きたい。

記憶の中のおにぎり

最大震度七の大地震が、四月十四日、十六日と相次いで熊本県と大分県を襲《おそ》い、熊本県内だけでも十万人もの方々が公共施設などでの避難生活を余儀《よぎ》なくされています（四月十九日現在）。

昨日、「おにぎりを受け取るのに一時間も並んだ」「おにぎりは食べ盛りの上の子に渡し、自分はほとんど口にすることができず、生後四カ月の下の子に与える母乳《ぼにゅう》の出が悪くなっている」という熊本市在住の三十代女性の新聞記事を読んで、わたしは南相馬のAさん（五十代女性）から聞いたおにぎりの話を思い出しました。

福島県の浜通りでは、専業農家ではなくても、米と野菜は自分の家で作るというお宅が多い。東日本大震災と原発事故後の避難所では、自宅に備蓄してある米を持ち寄って炊《た》き出しが行われました。

ある避難所では、南相馬市の女性職員の方々がおにぎりを作る係になりました。僅《わず》か数人で毎食千個、一日三千個のおにぎりを握《にぎ》り続けたため、手の平は火傷《やけど》で真っ赤になり、腰や肩の痛みも限界に達していたそうです。

　年配の女性たちはおにぎりを握りながらおしゃべりをすることで辛《つら》さを逃していましたが、突然、黙っておにぎりを握っていた二十代の女性が「わたしはおにぎりを握るために公務員試験を受けたんじゃない！」と叫んで壁におにぎりを叩《たた》きつけてしまった。Aさんは彼女が精神的に壊《こわ》れつつあるのだということを察して、すぐに家族の元に帰らせたといいます。

　これは、社会福祉協議会職員のBさん（五十代男性）から聞いた話です。

　避難所に八十代後半の歯の悪い女性がいました。彼女は、しばらくじっと手の中のおにぎりを見詰めた後、涙を流しながらBさんにおにぎりを投げつけたそ

福島のお米

うです。

原発から半径二十キロの避難区域のラインからぎりぎりではずれたというお宅で四世代同居しているCさん（六十代女性）から聞いた話です。

Cさんの夫と長男は非常時に活動しなければならない職務を担《にな》っていたので、原発事故後も避難せず自宅に残りました。避難所で生活したのは、Cさんと長男の嫁と小学五年生の孫息子の三人です。

最初のうちは、自宅の冷蔵庫から梅干や漬物を持ってくる避難者もいて、それをみんなで分け合っておかずにしていました。

やがて、全く具のない白いおにぎりを一人一日一個だけという状態になりました。

Cさんは、支援物資として配られたポテトチップスを砕いて、それを混ぜて握り直して孫息子に食べさせたりしていました。

ところが、避難生活が一週間を超えたあたりから、配給されたおにぎりからチーズのような異臭《いしゅう》がするようになり、割ってみると糸を引いた――。

東日本大震災が起きたのは、三月十一日です。南相馬の三月の最高気温は十度前後、深夜や朝方には零下《れいか》になる日もあります。それでも、避難所で配給されたおにぎりは腐っていたのです。

熊本や大分の四月の最高気温は二十五度前後です。四月は食中毒が多発する時期です。熊本市内の避難所では、男女三人が嘔吐《おうと》などの体調不良を訴え、ノロウイルスが検出されたとの報道もありました。

避難所の食品管理が心配です。自ら被災しながらも避難者たちの支援に当たっている自治体職員の方々の心身が心配でなりません。


わたしは、この原稿を長崎で書いています。

今日、四月二十日は、わたしの伴侶だった東由多加《ひがしゆたか》の命日（十七回忌）です。

東の墓は、東が生まれ育った長崎にあります。

東と共に過ごした十六歳から三十一歳までの十五年間は、日本各地の湯治場《とうじば》などに長期滞在して、座卓やこたつで東と向かい合って仕事をしていました。朝夕二食付きの宿が多かったのですが、お櫃《ひつ》のご飯が余ると、東は必ずおにぎりにして、幼少期の思い出を繰り返し語りました。

東は、とても貧しい家庭で育ちました。母親を幼い頃に亡くし、継母《ままはは》が家にやってくるまでの数年間、食事の支度をする大人がいませんでした。

ある晩、東の妹が米を研《と》ぎ、二人は米が炊き上がるのをじっと待っていました。おかずは何もありませんでした。東は、炊き上がったご飯を塩むすびにしようか醤油《しょうゆ》かけご飯にしようか迷いに迷い、口の中は唾でいっぱいだったそうです。しかし、いくら待っても湯気が立ち上らない。おかしいなと思って電気釜を調べてみると、なんとコードが抜けていた。東は大声で妹を叱《しか》り飛ばし、妹はわっと泣き出し、その泣き顔を見たら、情けなくて情けなくて涙が止まらなくなった、と――。

おにぎりは本来、愛情や喜びの固まりであるはずなのに、わたしの記憶の中のおにぎりは白く、重く、悲しい。

一つのおにぎりは、どうしたら、いま、苦しんでいる人、悲しんでいる人と、その苦しみと悲しみを分かち合えるか、という問いを含んでいるから重いのだと、わたしは思います。

信頼の味覚

食の土台となるのは、信頼です。

田畑や山林を利用して植物や動物を育てる農業、海や川や湖を利用して水産植物や水産動物を捕獲したり養殖したりする漁業に従事する第一次産業に属する人たちへの信頼はもちろんのこと、収穫したものを食品に加工する人たち、食品を流通させる人たち、食品を販売する人たちへの信頼も不可欠です。買い物に出掛けて食品を購入し、料理をする家族への信頼も――。

その信頼の絆をズタズタに切断したのが、二〇一一年に起きた原発事故です。

原発事故から五年が経過した現在、食品中に含まれる放射性物質はかなり減少しています。

今年の三月二十六日から四月二十五日までに測定された南相馬市産農作物のうち、ヨウ素131とセシウム134については全ての農作物で検出限界値未満となりました。もちろん、全ての食品が食品衛生法の基準値（一キロ当たり百ベクレル）を下回っているわけではありません。

一月に、住民によって市内の学習センターに持ち込まれた検体では八件の基準値超えがあり、その品目は猪肉、干柿、柚子《ゆず》でした。一方で、エゴマ、大豆、小豆、枇杷《びわ》、梅に関しては（一部地域を除いて）出荷制限が昨年解除されました。

福島県沖の魚介類を対象にした県のモニタリング検査でも、昨年調べた約百八十種類、八千五百七十七点のうち基準値を超えたのは僅か四点でした。避難区域内の富岡町の沖合で採取したシロメバル三点と、いわき沖で捕獲したイシガレイ一点です。

県漁連は、魚介類を出荷する際の自主基準を食品衛生法の基準値よりも厳しい一キロ当たり五十ベクレル以下とし、五十ベクレルを超えた魚介類については出荷を自粛しています。

福島県の検査結果は県のホームページで公表されているし、南相馬市の検査結果は市のホームページ内の「震災関連情報」としてまとめられ、いつでも誰でも閲覧《えつらん》できるようになっています。地元紙の『福島民報』と『福島民友新聞』にも食品や環境放射線の検査結果は掲載されています。

県内で暮らす人々は知っているし、それを県外の人々に伝える働きかけもしているのですが、いくら細かいデータを並べて説明しても、福島県産の食品に対する信頼はなかなか回復することができない――。

その原因の一つに、インターネット上に「福島は危険だ」という情報を拡散している人が相当数、存在することが挙げられます。彼らのバックグラウンドを調べてみると、「反原発」「脱原発」を標榜《ひょうぼう》している人が多い。「福島は危険だ」としておいた方が運動を展開しやすいのでしょうが、彼らが意図的に拡散している古い数値やデマによって福島県で暮らす人々の心は傷つけられています。

南相馬の飲食店の特徴は、家族経営が多いということです。

たとえば、原発事故以降不通となっている（二〇一六年七月の避難指示解除に合わせて運行が再開される）ＪＲ常磐線の磐城太田《いわきおおた》駅前にある今野畜産です。地元では、メンチカツ（一枚八十五円）が有名で行列ができるほどの人気店です。

今野畜産は、原発事故で屋内退避指示が出ている最中、二〇一一年三月二十日に営業を再開し、物流が途絶えて食糧難に陥《おちい》っていた南相馬の人々のためにコロッケやメンチカツや唐揚げを家族で揚げ続けました。

一頭買いで自社精肉しているので、大型スーパーなどよりも新鮮で上等な肉を安価で提供できるという強みを生かして、二年前に千壽《せんじゅ》という料理屋をオープンしました。

今野さん一家は、朝から夕方前までは精肉店で働き、夕方からは千壽で料理を作っています。睡眠時間をとれるのだろうかと心配になるのですが、いつどちらの店に行っても、厨房《ちゅうぼう》からは笑いや冗談が聞こえてくるのです。

オススメは、ステーキ丼です。十六歳の息子はいつも「ステーキ丼、大盛りで！」と注文します。会計の時に、「おいしかったです」と言うと、「おいしいでしょう。一カ月に一度、うちの家族で食べて『間違いない、こんなおいしいんだったら、みんな食べるわ』って確認し合うんですよ」と、若旦那は誇らしげに胸を張ります。

今野畜産だけではありません。山田鮮魚店も、屋内退避の中、シャッターを半分だけ上げて営業を続け、寝たきりのお年寄りや障害者を抱《かか》えていたために避難できなかった人々を救いました。山田鮮魚店のご主人は交通事故で足が不自由なのに、毎朝、宮城県まで食材を仕入れに行っていたそうです。それでも、「あの時、タダで配らなかったことを後悔している」とおっしゃる。

彼らは、極限状況の中で地域の人々の信頼に応えたのです。

その信頼は、この地で生き交わしている人々の間で日々培《つちか》われています。

その信頼が、様々な主張で捩《ね》じ曲げられるのを見るのは、つらい。

その信頼を踏み抜く形で行われている運動に、わたしは賛同することができない。

「間違いない」と言い切ることができる信頼の味覚は、貨幣などには到底、換算し得ない掛け替えのないものです。それをどうしたら真っ直《す》ぐに伝えられるか――、わたしはいつも考えています。

猫の心、猫の命

二年ぶりの小説が出版されました。

南相馬に転居して初めて出る本です。

タイトルは『ねこのおうち』（河出書房新社）。四編の短編が収録されているのですが、同じ街、同じ公園が舞台になっているので、一つの長編小説としても読むことができます。

生まれてすぐに靴箱に入れられて公園に捨てられたニーコ。

ニーコは独り暮らしのおばあさんに拾われて幸せな歳月を過ごすのですが、突然の別れが訪れます。

その後、ニーコは公園で六匹の子猫を産みます。子猫たちはそれぞれの「おうち」に引き取られます。飼い主たちは皆、心に悲しみを抱《かか》えています。自らの命と猫の命が合流するような生活を営《いとな》んでいるうちに、悲しみに一筋の光が射《さ》し込むのです。

わたしは、猫を看取《みと》ったことがあります。

クロという名のオスの黒猫でした。

二十一年前のことです。

クロの食欲がなくなったので、近所の動物病院で採血をしてもらったところ、末期の尿毒症《にょうどくしょう》だと診断されました。入院をして点滴をしても数日の命でしょうと宣告されたのです。点滴の管に繋《つな》がれて、犬や猫の鳴き声や臭《にお》いに怯《おび》えながら狭い檻《おり》の中で絶命するよりも、自分の臭いが染みついた住み慣れた場所で息を引き取った方がいいに決まっている、とわたしはクロを自宅に連れ帰りました。

クロはいつものようにコタツに潜《もぐ》り込むと、二日間何も食べず水も飲みませんでした。三日目の夜、もう長くないなと感じて、夜通しクロの顔を見守っていました。明け方うつらうつらしてしまい、クロがいないという気配に気づいて、はっと頭を起こしました。

『ねこのおうち』
本体７４０円＋税（河出文庫、装画・千海博美）

クロは、一歩一歩体を揺らしながらトイレに向かって歩いていました。転んでは、脚を踏ん張って立ち上がり、また転び、また立ち上がって――、なんとかトイレに入って腰を落とすと、バタッと横倒しになりました。抱き上げると、砂がほんの少しだけおしっこで濡《ぬ》れていました。

クロは力を使い果たしたのか、わたしの腕の中で母猫の乳を揉《も》むように前脚を動かし、ケッケッケッケッと息を吐き、死んでいきました。

もう二度と猫は飼うまいと思ったのですが、クロの死の十年後にわたしはまた猫を飼いはじめました。

トラ（キジ虎・メス・十一歳）は、片手にのる大きさ（二百五十グラム）しかない赤ちゃんの時に公園に捨てられていました。

すぐに動物病院に連れていって検査をしてもらったところ、腸内にはジアルジアという原虫がいて、尻尾《しっぽ》には真菌による脱毛があり、結膜炎も患《わずら》っていました。錠剤、軟《なん》膏《こう》、目薬を処方してもらいましたが、なかなか完治せず、自宅と病院を何往復したかわかりません。最初のうちは、子猫用の哺乳瓶と粉ミルクを購入して三時間おきの授乳を行い、母猫が子猫の肛門を舐《な》めるように、ぬるま湯で湿らせた脱脂綿で刺激して排泄《はいせつ》を促《うなが》してやりました。

生後一カ月になった頃に、裏漉《うらご》しした肉や茹《ゆ》で野菜をミルクに混ぜてペースト状にした離乳食を、人差し指ですくって口に入れて味をおぼえさせました。

トラは、人間の赤ちゃんと同じくらい手をかけて育てました。

由紀夫（白・オス・十一歳）は、ある中学校の裏の畑に段ボール箱に入れられて捨てられていました。発見した人が警察に届け、猫についての知識がない警察官が困り果てて、狭い鳥籠《とりかご》に入れて保管していたそうです。そのせいか非常に臆病で、家族以外の人間が家に入ってくると、物陰に隠れて決して姿を現しません。

ティグリとエミリーは、ラグドールという種類の兄妹（九歳）です。

二年前、友人宅に遊びに行った際、「子育てと引っ越しで猫を飼い続けるのが難しくなってしまった」と相談されて、引き取ることを決めました。しかし、環境の変化のせいか、ティグリは我が家に来て半年後に重い糖尿病を患っていることが判明し、朝夕二回のインスリン注射が欠かせません。

動物病院は保険が効かないので、この二年間で私立大学の入学金くらいの治療費を支払いました。ティグリが生きている限り治療は続きます。ティグリの糖尿病のことをブログやツイッターに書いたところ、「猫にそんなにお金をかけるなんて馬鹿げている。そもそも猫を飼っていること自体、贅沢《ぜいたく》だ」というような反応がいくつかありました。

わたしは、猫の命が人間の命に比べて価値が低いとは思いません。

わたしが命を持っているように、猫も命を持っている。

わたしが心を抱えているように、猫も心を抱えている。

心と心、命と命で触れ合えば、種（違い）を超えて共感することができる。

人間は、過去の悲しみに囚《とら》われたり、未来の不安を先取りしたりして身動きがとれなくなることがたびたびあります。

猫は、行動をする前にうまくいかないかもしれないと不安に陥《おちい》ったり、行動をした後にやっぱりうまくいかなかった、とくよくよ思い悩んだりすることはありません。

猫は、いつも、いま、行動します。いま、窓の外を鳥や蝶《ちょう》が通れば、いま、見聞きすることに全神経を傾け、いま、撫《な》でてやれば、いま、全身で喜びを表します。

猫は、いまを生きる晴れやかさを陽射《ひざ》しを受けるように感じることができるし、いまを生きられない人間の悲しみにもそっと寄り添うことができる。

『ねこのおうち』は、猫への感謝の気持ちを書いた小説です。

九・四キロ

七月十二日に、南相馬市の避難指示の大部分が解除されました。

と言っても、昨年八月三十一日から既《すで》に「準備宿泊」は始まっていて、約千人の住民が小高《おだか》区内で生活をしていました。

おだかのひるごはん、浦島鮨、双葉食堂などの飲食店も営業を再開していて、隣の原町区に住むわたしたち家族も何度か食事に出掛けていました。

小高のみなさんにとって何よりも喜ばしいことは、原ノ町駅で行き止まりとなっていた常磐線の運行が、磐城太田《いわきおおた》駅、小高駅まで延びることです。

交通とは、隔《へだ》たった場所に暮らす人の往来を生み出すものです。相双地区は震災以前から「福島のチベット」と呼ばれるほど交通の便が悪いところだったのですが、唯一の鉄路である常磐線が、北は津波による線路流出で、南は原発事故で寸断されてからは、文字通り陸の孤島となってしまったのです。

特に車の免許を持たない学生たちにとっては、通学手段であった常磐線が寸断されているという痛手は大きく、不通区間の沿線に自宅がある子たちは、父母や祖父母に車で送迎してもらうか、自転車通学をするしかなかったのです。

昨年九月二十七日の日曜日、南相馬の寺社を巡るサイクリング大会に参加しました。参加者百六十五人が、原町区のひばり生涯学習センター前から自転車で出発し、岩屋《がんおく》寺《じ》、相馬太田神社、医徳寺《いとくじ》を経て、当時はまだ「避難指示解除準備区域」であった小高区へと向かいました。

国の重要無形民俗文化財である野馬懸《のまかけ》が行われる相馬小高神社で参拝をし、浮舟文化会館で豚汁とお弁当を食べました。南相馬市博物館の二上文彦《ふたかみふみひこ》学芸員による講演「相馬中村藩と野馬追《のまおい》」を聞いた後に再び自転車に乗り、歴代の相馬中村藩主の墓所がある同《どう》慶寺《けいいじ》に向かいました。

住民の大半が避難している小高の駅通りは静かで、聞こえるのは自転車の車輪の音だけでした。けれど、人々が自転車で走り抜けることによって町の脈が強くなったように感じられたのです。

人間の血液は、心臓のポンプ機能によって各臓器や細胞の隅々《すみずみ》に新鮮な酸素や栄養素を運び、不要となった炭酸ガスや老廃物を受け取って体外に排出《はいしゅつ》するために絶え間なく流れています。血流が滞《とどこお》ると、様々な病が引き起こされ、時には心臓のポンプ機能が低下し、死に至る場合もあります。

原発事故の直後に南相馬を視察して「市街地は人っ子一人いない、まさに死の町という形だった」と発言して辞任することになった大臣がいましたが、原発事故によって交通が途絶え、人の往来を失った町は、まさに血流を失った体のように死に瀕《ひん》しています。

七月十二日、JR常磐線の始発電車はマスコミの人と鉄道マニアでいっぱいだろうから、わたしは十一時半原ノ町発の電車に乗って、小高の双葉食堂のラーメンを食べに行くことにしました。

常磐線原ノ町駅

原ノ町駅の券売機から出てきた切符に「小高」という駅名が印字されていることを確認して自動改札を通り、原発事故以降、封鎖《ふうさ》されていた二番線ホームに立ちました。そして、「いわき・水戸・上野方面」という案内板を不思議な気持ちで眺めました。方向としては合っているけれど、小高から竜田までの八駅間は不通のままなので、いわき、水戸、上野に行くことはできないからです。

晴れ渡った空がプラットホームに光を投げかけていました。

行けない場所が行き先として表示されている――、不通区間の線路の存在が切創《せっそう》のように疼《うず》きました。

ホームに電車が滑《すべ》り込んできました。

わたしは二両編成の小高行に乗りました。

向かいの長椅子には、同じく原ノ町駅から乗車した三人組の老人たちが座り、窓の外の風景を眺めながら昔話に花を咲かせていました。

「昔は、汽車ポッポで陸蒸気《おかじょうき》だったんだぁ」

「ここいらだと原町が一番でっけえ駅だった」

「んだ」

「原町駅の辺りは材木屋《ぜえもく》ばっかりだったんだどぉ」

「んだんだ、材木屋いっぺあったどなぉ」

「相馬駅だって、昔は中村駅って言ってたんだ」

「んだなぁ」

電車は磐城太田駅に一分間停車して、再び走り出しました。

「次は終点の小高、小高です」

わたしは立ち上がり、運転席の後ろから小高駅のプラットホームを見ました。ホームには相馬野馬追の色とりどりの旗がはためき、「おかえりなさい」という垂れ幕が掲げられていました。

二歳くらいの男の子を抱き上げて外の風景を見せていたおばあさんの「ただいまって言おうね」という声を聞いた時、わたしは思わず落涙《らくるい》しました。

原ノ町―小高駅間の九・四キロ、所要時間は僅《わず》か十分ですが、五年四カ月ぶりに交通が復活したのです。

死者と共に

新刊本の見返しにサインをした後に落款《らっかん》を捺《お》します。

書くことを仕事にして今年で三十年になるのですが、落款にも一つ一つ物語があります。

一九九七年二月、東京と横浜の四書店で、わたしの芥川賞受賞を記念するサイン会が予定されていました。各書店に右翼《うよく》を名乗る男性から「サイン会を中止しなければ客に危害を加える」と脅迫《きょうはく》電話が掛かり、書店と出版社と警察が協議してサイン会が中止になるという事件がありました。

その事件は日韓両国の新聞やテレビで取り上げられただけではなく、ル・モンド、ニューヨーク・タイムズ、ＢＢＣワールドなどでも、日本で「表現の自由」が脅かされているとして大きく報じられました。

警察による手厚い警護や、サイン会中止事件報道を巡る論争によって、わたしのストレスは限界に達し、その年の秋に大量喀血《かっけつ》をして入院することになります。出血性胃炎と十二指腸潰瘍《じゅうにしちょうかいよう》を併発していたのです。

入院中、文藝春秋の担当編集者だった今村淳《あつし》さんが何度もお見舞いに来てくださいました。「次の本で必ずサイン会をやりましょう」と励ましてくださった今村さんに、わたしは三本の落款を預けました。サイン会で隣に座って落款を捺すのは、担当編集者の役割なのです。

翌年の九月二十九日、今村淳さんは、重症筋無力症で亡くなりました。四十五歳でした。

わたしは、今村さんが重病だということを知りませんでした。担当作家たちに見舞われることを遠慮したということもあっただろうし、衰《おとろ》えていく姿を見せたくないという気持ちもあったのでしょう。

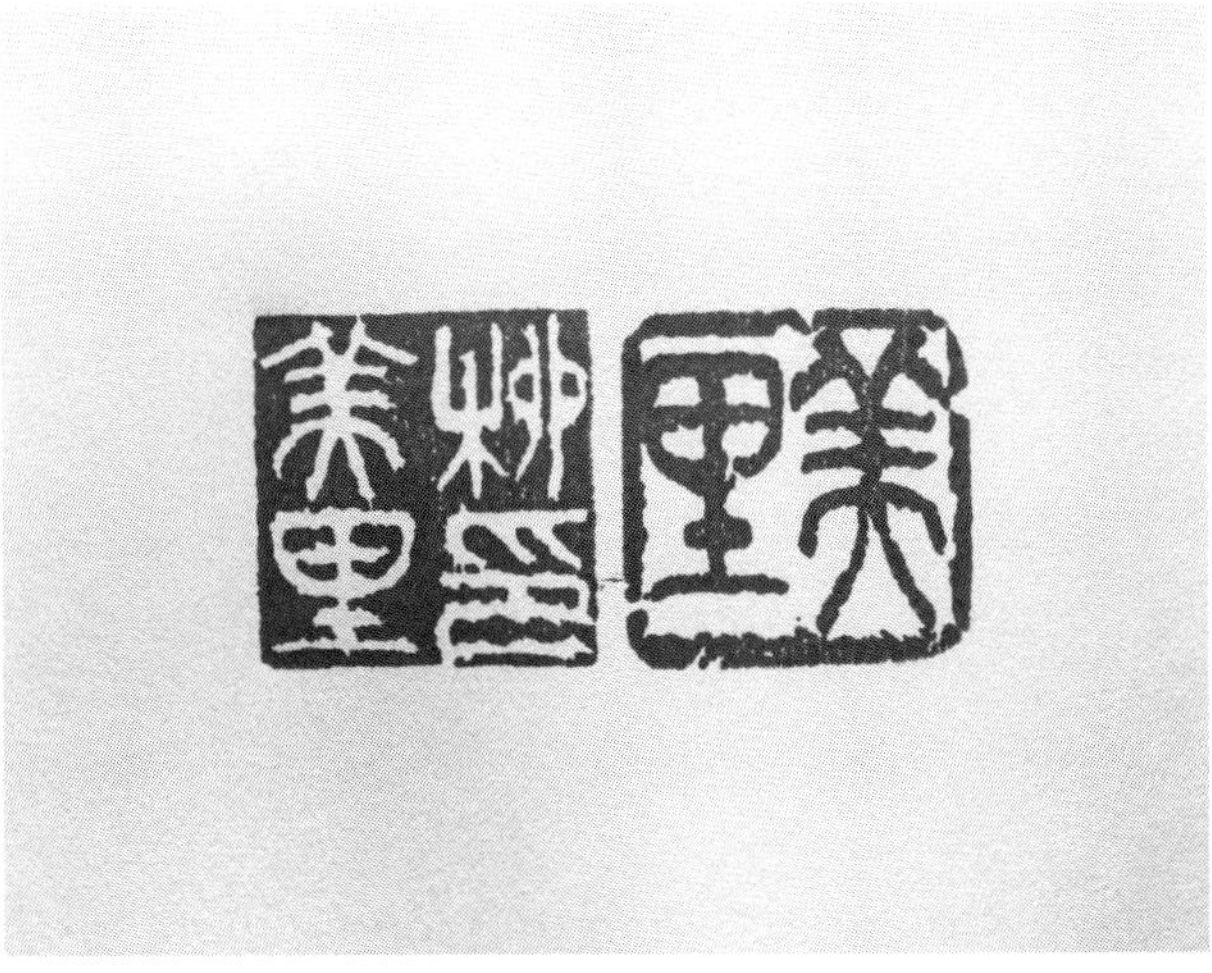

柳美里の落款

でも、わたしは今村さんの結婚式にも出席し、お宅で奥様の手料理をいただいたこともあるし、子どもに恵まれなかったお二人が我が子のように可愛《かわい》がっていた飼い猫の遺骨が納められた仏壇に手を合わせたこともあるし、だいたい今村さんは、面会謝絶のわたしの病室にノックもしないで入ってきたのに……。

わたしはお通夜に参列し、今村さんの遺影の前で泣き崩れました。

何日か経《た》って落款のことが頭を過《よぎ》りましたが、ご遺族に返却を求めることは憚《はばか》られました。

わたしは今村さんに落款を預けたままにしておくことにしました。

二〇〇七年の夏のことです。

二十代の六年間、『週刊朝日』にエッセイを連載していた時に編集長だった穴吹史士《あなぶきふみお》さんが篆刻《てんこく》を趣味にされていたことを思い出しました。

お手紙で落款を彫っていただけないかとお願いしたところ、納得のいくものを彫り上げるには時間がかかるので、それまで自分の落款を使っていてほしい、と二本の落款を送ってくださいました。

落款には、「人生似幻化《げんか》」「蔵針《ぞうしん》」という文字が彫ってありました。

「人生似幻化」は、陶淵明《とうえんめい》の「人生似幻化 終当帰空無（人生は幻化に似たり 終には当に空無に帰すべし）」という五言詩で、人生の無常を諦観《ていかん》する言葉です。

「蔵針」は、「綿中蔵針（綿中に針を蔵す。当たりは柔らかく芯は硬い）」で、毛沢東《もうたくとう》が鄧小平《とうしょうへい》の性格を評した言葉として有名です。

二〇一四年三月九日の夜、わたしは十日後に発売される新刊『JR上野駅公園口』（河出書房新社）の見返しにサインをして「人生似幻化」の落款を捺しました。

ふと、穴吹さんは今どうしていらっしゃるだろうと気になり、サイン本作りを中断してインターネットでお名前を検索してみました。

穴吹さんは、二〇一〇年に六十三歳でお亡くなりになっていました。

しかも、その日、三月九日が命日だったのです。

今年の六月十七日に、二年ぶりの新刊『ねこのおうち』が出版されました。

南相馬に転居して初めて出る本なので、わたしは、南相馬市博物館の学芸員である二《ふた》上文彦《かみふみひこ》さんを通して、お父様の二上郷嗣《さとし》さんに落款をお願いしました。

二上郷嗣さんは書家なのです。弟の二上裕《ひろ》嗣《し》さんは相馬野馬追保存専門委員会委員長で、郷土史家です。

お二人のお父様は国鉄（当時）に勤務されていましたが、一九四五年八月のアメリカ軍による原町空襲の際、原ノ町駅で命を落とされました。

二上郷嗣さんは、こう証言されています。

「確かに父は生きていた。おれは、父の体を触ったのでよく知っている。表面の皮膚を通して、激しく内臓が波打っているのを、今でもこの指が覚えている」

二上さんは、お父様の生死を確認した指で篆刻をされている。

穴吹さんは、自分の手で彫った落款をわたしに送ってくださった。

今村さんは、担当した本に落款を捺す時を待ち望んでいるような気がするのです。

わたしは、自分の名前を書き終え、落款を捺すたびに、死者が確実に存在していた時を指先に感じます。そして、人生は死によって閉ざされるのではなく、死が閉ざされた生を拡《ひろ》げるのではないか、とも思うのです。

息子の成長と帰るべき場所

今年の夏休みは、高校二年生の息子と二人で北アルプスに行ってきました。登山ルートの選定は息子に任せました。上高地《かみこうち》からスタートして山小屋に三泊しながら、三千メートル級の八つの山を縦走《じゅうそう》して中房《なかぶさ》温泉にゴールする「アルプス銀座」ロングコースでした。

南岳《みなみだけ》小屋に宿泊した二日目のことです。

朝食後に外に出てみると、山々が真綿のような濃い霧でくるまれていました。「南岳新道からなるべく早く下山してください。台風の影響でどんどん天候が崩れますから」と南岳小屋の方に言われました。

濃霧の中の下山は、遠くを見渡すことができないため道に迷いやすく、遭難や転倒の危険が高まります。わたしたちはヘルメットの上からヘッドライトを点灯させて、声を掛け合いながら下山を開始しました。

南岳新道は、南岳稜線《りょうせん》直下の急斜面で、槍平《やりだいら》までの標高差が千メートルもあります。左右に切り立った痩せ尾根、崖と崖に渡した丸木橋、岩壁にかかった鉄ハシゴ――、鎖やワイヤーを頼って一歩一歩下りていたのですが、ポツポツと降り出した雨が土砂《どしゃ》降りになり、雨粒で眼鏡が見えなくなりました。

わたしは雨で濡れた岩を踏んで転倒し、左の足首をグキッと捻《ひね》りました。さらに、左足を庇《かば》いながら膝丈ほどの笹《ささ》の急斜面をジグザグに下りている最中に、右脚を開いたままの形でズズズッと滑《すべ》り落ち、股関節《こかんせつ》と膝後ろの筋を傷めてしまったのです。

ストックにすがっても、両脚が痛くて、生まれたての子鹿《こじか》のように踏ん張れない――。

普通に考えて、自力歩行ができない状態でした。

「岐阜県警に救助要請する?」と息子に訊《たず》ねられました。

この霧と雨ではヘリコプターは飛ばないだろうし、奇跡的に救助されたとしても、ヘリに乗れるのは要救助者だけで、息子は単独で下山することになります。

「槍平小屋に電話して、ここからあとどれくらいで槍平に到着するか訊《き》いてみて」

わたしは息子に携帯電話を渡しました。幸いなことに電話は繋《つな》がり、息子がわたしの怪《け》我《が》の状況とおおよその場所を説明したところ、一時間はゆうにかかる、ということでした。

　三時間はかかるな――、と思いました。でも、何がなんでも下りるしかない。零度近い気温の中で雨に打たれていたら、低体温症で動けなくなるのは時間の問題です。日が暮れたら、気温はさらに下がる。わたしは、岩や泥におしりをついて四つん這《ば》いで下りていきました。

　一時間後、こちらに向かって登ってくる二人の男性の顔が見えました。槍平小屋のご主人の沖田政明さん（六十五歳）と、槍平小屋を拠点に活動している山岳カメラマンの柄沢啓太《からさわけいた》さん（四十三歳）でした。

「まずは、温かいお茶を飲んでください」

　柄沢さんが水筒の蓋《ふた》に麦茶を注いでくれました。

「ありがとうございます」と麦茶を口にした途端、膝が痛みで震《ふる》え出しました。

白出沢にて

柄沢さんは、わたしのザックを背負ってくださいました。助かったという気持ちと申し訳ないという気持ちが綯《な》い交《ま》ぜになり、わたしは大声で泣き出しそうでした。

槍平小屋に到着したのは、午後二時。槍平小屋の標高は二千メートルです。まだまだ下山しなければなりません。

「その脚だと、新穂高温泉《しんほたか》まで八時間はかかる。夜十時過ぎる。日没は六時半。途中で真っ暗になるけど、ヘッドライトは持ってる？」と、沖田さんはわたしと息子の顔を見ました。

「真っ暗闇の中、雨に打たれながら下山するのは常識的に考えて不可能だよ。両脚を怪我してるし……」と、息子は言いました。

槍平小屋に泊まることにしました。

翌朝は、前日の土砂降りが嘘《うそ》のような快晴で、視界も良好でした。

脚の痛みは変わりませんでしたが、疲労は確実に和《やわ》らいでいました。

わたしたちは命の恩人であるお二人と記念撮影をして、朝七時に下山を開始しました。

沖田さんの読み通り、新穂高温泉のバス停に到着したのは八時間後の午後三時でした。その八時間の道すがら、わたしは二つのことに気づきました。

一つは、わたしが小さな息子に言っていた励ましや注意の言葉をそっくりそのまま、息子がわたしに言っているということ――、つまり、息子が成長したということです。

もう一つは、わたしたちが南相馬の町を定規《じょうぎ》にして距離を測っているということでした。「原ノ町駅から小高駅ぐらいだね」とか「うちから鹿島の松月堂ぐらいか？」とか「原高（原町高校）からフレスコキクチぐらいまで歩けば着くよ」とか、南相馬の具体的な場所の名前を口にしながら、わたしたちの帰るべき場所は南相馬なのだということに気づきました。

登山道の出口にある白出沢《しらだしざわ》で、わたしと息子は携帯電話で写真を撮りました。息子がわたしよりも長い腕を伸ばして撮ったのです。

写真の中には既に、南相馬から一人で旅立つ息子と、南相馬に残って生きるわたしのそれぞれの未来が写っている気がします。

この時の思い出は、遠く離れて暮らすわたしと息子の記憶に留まり続けることでしょう。

「悲しんでいる人たちの前では喜べないよね」

わたしの息子は、南相馬市にある福島県立原町高等学校（原高）に通っています。

息子は渋谷で生まれて、一歳の時に鎌倉に転居し、鶴岡幼稚園、御成《おなり》小学校、御成中学校、と幼馴染《おさななじ》みたちと共に成長しました。

正直に言うと、原高には他地域から入学する生徒は皆無《かいむ》なので、孤立するかもしれない、と心配していました。

息子は吹奏楽部《すいそうがくぶ》に所属しました。四歳の頃からフルートを習っているのです。

入学して一カ月が過ぎた昨年五月二十二日、息子は部活の帰りに自転車ごと転倒してしまいました。当時は携帯電話を持たせていなかったため、駅の公衆電話まで歩いて助けを求める電話を寄越《よこ》しました。

慌てて車で迎えに行くと、前屈《かが》みで肩をぶら下げるようにしていました。

「肩に全く力が入らない。たぶん折れてる。定期演奏会に出られなかったら、どうしよう……」

　相当な痛みだったはずなのですが、南相馬市立総合病院の救急外来に向かう車の中で、息子は定期演奏会のことしか口にしませんでした。

　今年で三十二回となる原町高校吹奏楽部の定期演奏会は、在校生や教職員や保護者や吹奏楽部OG・OBのみならず、近隣の中学・高校の吹奏楽部員や市民で、南相馬市民文化会館の千百ある客席がいっぱいになるほど地元では人気のイベントなのです。

　息子の左肩は骨折していました。

「二カ月間はフルートを演奏しちゃダメだよ」と主治医に言われました。

　息子は「三角巾を短くして腕を上の方に吊《つ》れば、フルートを吹ける」と言い張り、部活を休みませんでした。

　もちろん、わたしや顧問の先生は、「いま腕を使っ

原高吹奏楽部の一員として

たら治りが遅くなる」と、フルートを吹くことに猛反対しました。

定期演奏会は裏方として手伝うと聞いていたので、舞台における裏方がいかに重要であるかを話し、「来年があるよ」と、わたしは息子を励ましました。

五月三十一日の定期演奏会で、息子は原高吹奏楽部の青いブレザーを着てステージに登場して椅子に腰掛けると、すっと三角巾をはずして、最初の曲である校歌を演奏しました。

その姿を見て、息子が知り合いの一人もいない高校で、吹奏楽部のフルート奏者であるということに居場所を見出《みいだ》し、それを必死で守っているのだと気づき、わたしは目頭が熱くなりました。

震災前の原高吹奏楽部は、全日本吹奏楽コンクール大編成の部で、六年連続福島県代表に選出されたこともあるのですが、原発事故で家族と共に他地域に避難をした子どもが多く、大編成に出場するための部員（上限五十人）を確保することができなくなってしまいました。

今年の原高吹奏楽部の部員は僅《わず》か二十四人、一年生から全員がコンクールメンバーです。小編成の上限は三十人ですから、かなり不利な人数です。

彼らは、相双地区大会、福島県大会、東北大会と勝ち進み、東北代表として東日本大会に出場しました。地震、津波、原発事故の被害を受けた相双地区でここまで勝ち進んだのは、小学校、中学校を含めて原高一校だけでした。

彼らは、バルトークの「弦楽四重奏曲第二番より第二楽章」という難解な無調音楽を、叩《たた》き割った鏡の破片によって様々な光の幾何学《きかがく》模様を反射させるように、荒々しく緻密《ちみつ》に演奏しました。結果は銀賞でした。

東北大会での出来事を紹介したいと思います。

表彰式では、校名と結果（金賞・銀賞・銅賞）が一校一校発表されます。金賞と銀賞を聞き間違えないように、金賞は「ゴールド金賞」と言われることになっていて、「ゴ」と発声された瞬間、生徒たちは「キャー！」「ウォー！」と歓声を上げるのが常です。

しかし、「福島県立原町高等学校、ゴールド金賞」と発表されても、彼らは黙っていました。

わたしは、金賞四校の中から東北代表として選ばれるのは三校のみなので、最終的な発表までは喜ばないのだろうと思っていました。

原高は東北代表に選出されました。他校の吹奏楽部のメンバーは歓声を上げてバンザイをしたり飛び跳ねたり抱き合ったり泣いたりしているのに、原高生たちは黙って座っているだけでした。

帰宅した息子に、その理由を訊《たず》ねたところ、こう答えました。

「どの学校も、放課後も夏休みも休まず毎日練習して県の代表になって東北大会まで来たんだよ。銀賞や銅賞で悲しんでいる人たちの前では喜べないよね。喜ぶのは、帰りのバスの中にしよう、とみんなで決めたんだよ」

原町高校の学区である相双地区の子どもたちは、東日本大震災と原発事故で多くのものを失い、深く傷つきました。

津波で家族を失った子どもたち、仮設住宅での暮らしを続けている子どもたち、友人と離れ離れになった子どもたち、遺体安置所となった体育館で授業や球技大会や文化祭を行っている子どもたち、甲状腺検査を受けなければならない子どもたち、「被曝《ひばく》」したことによって差別的な発言に曝《さら》されている子どもたち――。

わたしは、一つの音楽を奏でることによって彼らの痛みと連帯し、優しい決意を宿した息子の瞳を見て、南相馬に転居してよかった、と心の底から思いました。

「フルハウス」

南相馬市小高区の駅通りで本屋をやろう、と思っています。

今年の七月十二日に、小高区の避難指示が解除されました。

記念すべきその日に、五年四カ月ぶりに運転を再開した常磐線に乗って小高に行きました。

シャッターの下りた店や解体中の家屋が連なる駅通りを歩きながら、どうしたら、小高に「暮らし」と「にぎわい」を取り戻せるだろうか、と考えました。

この五年半、わたしは地元の臨時災害放送局で小高住民の話を聴き続けてきました。

避難指示解除前の住民説明会にも毎回参加しました。

「宅地除染はほぼ終わったって言うけども、田んぼとか森川とか溜池とかダムなんかはまだ除染してねえとこの方が多い」「山菜とかキノコ類とか川魚とかはまだ基準値以上の放射性物質が検出されるのでまだまだ食べらんねぇ」という放射能汚染に対する不満や怒りを口にする方も多いのですが、「他県に避難してる長男夫婦が、孫の健康を案じて帰ってこねえ」という家族間の問題や、「原発事故前にはあったスーパーマーケットとかホームセンターとか薬局とか病院とか様々な小売店がない」「新聞販売店がねえから、新聞を配達してもらえねえ」などという生活面の不安を訴える声の方が切実でした。

小高区に帰還した住民は九百四十二人。原発事故前は一万二千八百四十二人でしたから、帰還率は七・三パーセントです(二〇一六年十一月十日現在)。

二〇一七年四月に、小高工業高校(ほとんど男子生徒)と小高商業高校(ほとんど女子生徒)が統合して小高産業技術高校となり、原町区の仮設校舎から小高工業があった吉名《よしな》の丘に戻ります。

両校の生徒たちが居住する南相馬市の面積は、同じ太平洋沿いに位置する神奈川県の湘南地方(鎌倉市+逗子市+三浦市+葉山町+藤沢市+茅ヶ崎市+平塚市+寒川町+大磯町+二宮町+小田原市+湯河原町+真鶴町)とほぼ同じです。

この辺りの保護者は、子どもが高校に入学する前に通学用自転車を二台購入します。一台は自宅から最寄駅《もよりえき》までの自転車、もう一台は最寄駅から高校までの自転車です。

小高産業技術高校が創設される吉名の丘は、小高駅から徒歩二十二分、自転車だと七分の距離です。帰還した九百四十二人の住民（六割が六十五歳以上の高齢者）は、わたしたち家族が転居前に暮らしていた鎌倉市と逗子市と葉山町全部合わせたよりも広い小高区に散り散りに暮らしています。

町の灯は疎《まば》らです。

十一月半ばの日没は四時半、部活が終わる下校時刻は六時半です。

南相馬だけで一万人以上いるという災害復旧工事や除染や原発の廃炉を行っている作業員による治安の悪化を懸念する保護者の声も大きく、先生方は「地域住民が少ないのだから、下校時はわれわれ教職員が沿道で見張るしかない」とおっしゃっています。

もちろん、作業員全員を犯罪者扱いするのは偏見で

小高工業高校仮設校舎での講義

あり差別ですが、作業員の検挙人数は年々増加していて、福島県全体で昨年は二百十人、泥酔《でいすい》や喧嘩《けんか》による通報は九百六十三件に上りました。そもそも南相馬は観光地ではないので、七月終わりの相馬野馬追の三日間以外は、町なかで見知らぬ人を見かけるのは珍しいことだったのです。

わたしは、縁あって昨年から小高工業高校の教壇に立ち、来年からは小高商業高校でも同じ内容の講義を行う予定です。無報酬ではあるけれど、学校からの依頼（要請）を受けて、意義（意味）があると思って引き受けた仕事です。

わたしは、仕事の意味や価値を自分の内には求めません。自分の欲望を成就《じょうじゅ》するための金儲《もう》けには全く関心がないのです。自己実現にも興味がありません。

鷲田清一《わしだきよかず》さんの『だれのための仕事』（講談社学術文庫）に、ぴったりくる言葉がありました。

「ドイツ語で『職業』のことはBerufといわれる。rufen（呼ぶ）に由来することばで、『召喚』や『使命』といった意味もある。英語でも、『職業』のことをcalling（天職、使命）と呼ぶことがある。『使命』や『布教』『伝道』を意味するmissionということばを用いることもある。他者から呼びかけられていること、求められていること、そこに仕事の意味を見いだす考え方である」

小高産業技術高校の生徒、保護者、教職員のみなさんのために必要なものは何かと考え詰めて、小高の駅通りで本屋を開くという結論に達したのです。

宿題をやったり軽食をとったりできる大きなテーブルを置けば、電車待ちの生徒たちの溜《た》まり場となり、車で迎えに来る保護者との待ち合わせ場所にもなる。

わたしが選書した棚を見に、他県から小高を訪ねてくれる読者もいるのではないか。

店の名は、フルハウス（full house）。「大入り満員」という意味です。

わたしが初めて出版した小説本のタイトルです。

常磐線復旧

七月十日には、原発事故による避難区域の解除に伴い、常磐線の不通区間のうち、原ノ町、磐城太田、小高の三駅間が復旧し、十二月十日、五年九カ月ぶりに常磐線の北側の不通区間が復旧しました。遂《つい》に仙台まで常磐線で行けるようになったのです。これは、大きな一歩です。

二〇一一年三月十一日から今まで、南相馬で暮らす住民は、福島に出るにも、仙台に出るにも、約二時間ほど高速バスに乗らなければなりませんでした。

南相馬行きの最終バスは、福島駅、仙台駅ともに二十時三十分発です。東京から帰る場合は、十八時二十八分発のやまびこ155号が最終の新幹線でした。

今回の常磐線復旧で、仙台駅から原ノ町駅（南相馬）行きの最終電車は、二十二時四十分となりました。しかも、仙台—原ノ町は、常磐線で一時間二十分です。鎌倉に住んでいたわたしの感覚だと、自宅から池袋に出るくらいの時間です。

たとえば、午前中、原ノ町駅から常磐線で仙台駅に出て、東北新幹線で東京に行く。打ち合わせやインタビューや書店訪問などの仕事を済ませ、東京駅周辺で会食をしてから仙台経由で日帰りすることができます。夕方、原ノ町駅から常磐線に乗って、仙台駅で降りて国分町で飲み会をやって、終電で帰ってくることもできます。

十二月十日、一月で十七歳になる息子は、午前四時半に起床して、原ノ町駅五時二十一分発の一番列車に乗りました。

わたしは息子がＬＩＮＥで送ってくれる写真や動画にスタンプで返信をしました。車内は、マスコミや鉄道マニアや地元の人々で混雑していたそうです。

わたしが感動したのは、息子が音声を送ってくれた常磐線の車内放送でした。

津波被害による常磐線の不通区間が復旧

「本日より相馬から浜吉田《はまよしだ》間、営業運転を再開しました。この列車は原ノ町駅から仙台駅へまいります一番列車となります。JR東日本ではこれからも安全第一に運行してまいります。これからもJR常磐線をよろしくお願いします」

一番列車は、相馬駅を五時四十分に発車して不通区間を走り、次の駒ヶ嶺《こまがみね》駅発車後に

「これから先、内陸に移設されました新しい線路を通ってまいります」というアナウンスがありました。

浜吉田発車後の車内放送を聞いた時、息子は胸がいっぱいになり、海の方角に顔を向けずにはいられなかったそうです。

「この先は津波により甚大な被害を受けましたが、沿線のみなさまの多大なご協力により内陸部へ最大一・八キロ移設しました。常磐線は沿線地域のさらなる復興に向け走ってまいります。沿線から手を振っていらっしゃる方を見かけましたら、振り返していただけますと幸いです」

わたしは、南相馬の友人たちと十六時十五分発の常磐線に乗って、十七時三十三分に仙台駅に到着し、駅前の居酒屋で呑んで二十二時四十分の終電で帰るという計画を立てていました。

友人たちとは、南相馬ひばりエフエム「ふたりとひとり」の担当ディレクターの鹿島区江垂《えたり》の今野聡《こんのさとし》さん（四十七歳）と、津波で小高区浦尻《うらじり》の自宅を流された星野良美《ほしのよしみ》さん（五十三歳）と、小高区蛯沢《えびさわ》に自宅がある廣畑裕子《ひろはたゆうこ》さん（五十九歳）です。

それぞれの家の最寄駅から乗るので、原ノ町駅のわたしが一番乗りでした。鹿島駅で、今野さんが手製の紙旗をパタパタ振りながら乗ってきました。旗には「みんなで勝手に行く、小高〜仙台プチツアー」と書いてありました。

相馬駅から（原発事故後、相馬で避難生活を送っている）星野さんと廣畑さんが乗ってきました。不通区間だった相馬から先の駒ケ嶺、新地《しんち》、坂元、山下、浜吉田は津波の被害が大きい地域だったのですが、日が落ちて窓の外が真っ暗になり、わたしたちの姿が映るばかりになりました。

この五年九カ月、決して一列に並べて目盛で測ることなどできない日々を過ごしてきた常磐線沿線の人々の心中を思い、わたしは知らず知らずのうちに両手を祈りの形に握り合わせていました。

わたしたちは、仙台駅で行われていた常磐線運転再開記念の物産展でお土産を買い、居酒屋の呑み放題プランで呑み、定禅寺《じょうぜんじ》通と青葉通の欅《けやき》並木に数十万のＬＥＤ電球が点灯されている「光のページェント」を見て、仙台駅構内でコーヒーを買って常磐線原ノ町行の終電に乗りました。たくさん歩いて、たくさん呑んで、少々眠くもあったのですが、わたしたちは「やっと繋《つな》がったね」「よかったね」という単純な言葉を何度か言い交わして、はにかむように微笑《ほほえ》み合いました。

不通区間の最後の駅、駒ケ嶺を発車した時、四人で窓ガラスに顔を映して記念写真を撮りました。

わたしは、電車通学をしていた学生時代のように一駅一駅友人たちを見送り、常磐線が繋がったという歴史的出来事を自分の胸に大切にしまいました。

二〇一七年

他者を希求し、受け容れられるように

年が改まり、二〇一七年となりました。

二〇一一年三月十一日以降、わたしは「あけましておめでとうございます」という新年の挨拶《あいさつ》を控えるようにしています。

わたしはこの五年間、「南相馬ひばりエフエム」の「ふたりとひとり」という番組で、南相馬（浪江《なみえ》、双葉、大熊《おおくま》、富岡、相馬、女川《おながわ》、陸前高田）の方々のお話を聴いています。家族や友人を亡くされた方のお話も、行方不明の家族が発見されるのを待ち続けている方のお話も聴きました。

東日本大震災では、一万五千八百九十三人が亡くなり、いまだに二千五百五十六人が行方不明なのです。

Mさんの夫の兄が、避難生活を送っている東京のマンションの一室で首を吊《つ》って自殺してしまったという訃報《ふほう》を受けたのは、昨年の元日でした。

福島県では、今も八万四千二百八十九人が避難生活を送り、自死を含む震災関連死は三千五百二十三人に達しています（二〇一六年年十一月時点）。

臨時災害放送局でのわたしの役割は、相手の悲しみを外から知るのではなく、身の内に感じながら聴くことです。悲しみの脈を取るように聴くことは、相手の悲しみを自分の喜び以上に大切にすることでもあります。

だから、わたしは、今年も「あけましておめでとうございます」を口にすることはできません。

わたしたち家族は、近所の原町別院で除夜の鐘をつき、相馬太田神社と相馬小高神社に初詣に行きました。わたしは神前で手を合わせ、「地震と津波と原発事故によって被害を受けた地域が復興しますように。大

浪江町請戸海岸

切な人や家や仕事を失った方々の悲しみによって切り裂かれた傷が塞《ふさ》がり、痛みが遠のきますように」という願いを心の内で唱えました。

一月八日は、原発事故によって双葉郡大熊町からいわき市泉《いずみ》町に移転した福島第一聖書バプテスト教会の小高チャペルで、新年礼拝に参加しました。

小高チャペルは、原発から半径二十キロ圏内の旧「警戒区域」である南相馬市小高区にあります。

五年十カ月ぶりに行われた新年礼拝でした。

わたしは、佐藤彰《あきら》牧師（三月十一日が誕生日）とチャペルに集《つど》った十数人の方々と共に祈り、初詣と同じ言葉を唱えました。

ここまで読んで、神社で初詣を行い、キリスト教の新年礼拝に参加するなんて、あまりにも無節操ではないかと思われる方もいらっしゃるでしょう。

「柳美里さんはクリスチャンなのですか？」と訊《たず》ねられることもあります。

わたしは、十四歳の時から聖書を読み続けています。

キリスト教は、自分の不安定さを支えるために必要なのですが、この三十五年間、わたしは洗礼の一歩手前で立ち止まっています。

洗礼を受けてしまったら、自分の信仰が完了形になってしまい、神に向かって手を差し伸ばし爪先立っている踵《かかと》が地に着いてしまう気がするのです。
「あなたのキリスト教に対する姿勢は解《わか》りました。では、何故、神社で手を合わせるのですか？」という声が聞こえてきそうです。

福島県の相双（相馬・双葉）地区には、浄土真宗移民の末裔《まつえい》が数多く暮らしています。二百年前、天明《てんめい》の飢饉《ききん》によって人口が激減したために、相馬中村藩は北陸や山陰地方などからの浄土真宗門徒の入植を許可しました。

相双地区では、浄土真宗門徒でありながら神棚を祀《まつ》っているお宅もあります。

入植当初に一家全員が亡くなった廃屋《はいおく》を割り当てられ、その家に残されていた神棚を無下《むげ》にはできずにお

福島第一聖書バプテスト教会小高チャペル

祀りしたと伝え聞いている、ということなのです。

原町の借家にも神棚があります。

この家の住人が毎日拝んでいたのだろうと思ったので、引っ越してすぐに注連縄《しめなわ》をかけ、榊《さかき》、酒、米、水をお供えして、飯舘村《いいたてむら》の綿津見《わたつみ》神社の多田仁彦《ただきみひこ》さんに清祓《きよはら》いを行っていただきました。

わたしは、他者（死者）の信仰を尊重したい。

自分という存在が、他者の何かを収奪したり毀損《きそん》したりしないように。

他者を希求し、受け容《い》れられるように。

そういう風《ふう》に、わたしは生きたい。

先生の雅号は「明雨」

書道を習いはじめました。

わたしの師は二上郷嗣《ふたかみさとし》さんです。

今年八十歳になる二上さんは、八歳の時にお父様を亡くされています。

お父様の二上兼次《かねじ》さん（享年三十七）は国鉄の原町機関区の検査係でした。

長崎に原爆が投下された八月九日、兼次さんの弟は出征《しゅっせい》することが決まっていました。

兼次さんは、前日に同僚から入手した貴重な桃を出征祝いとして近所に配り、九日の早朝、原ノ町駅に弟を見送りに行きます。駅の跨線橋《こせんきょう》の上り口で米海軍艦載機《かんさいき》グラマンの機銃掃射を受けましたが、その時は無事でした。駅や列車は、たびたび米軍機の攻撃目標となり、死と隣り合わせの職場だったそうです。

二上兄弟は仙台行の常磐線に乗りました。列車は、原ノ町駅の次の鹿島駅に到着する手前の川子《かわご》トンネルで米軍機に狙《ねら》われ、二人はトンネルの中に避難しました。列車がいつまでも動かなかったため、兼次さんは、「おれは帰るよ。気をつけて行け」と列車を降りました。

翌日の八月十日、兼次さんは休みを取っていましたが、「今日も敵襲がきっとある。休みなんだから行かない方がいい」という周囲の反対を押し切って出勤します。

午前七時過ぎに空襲警報が鳴り、九人の同僚と共に検査係詰所《つめしょ》の防空壕《ぼうくうごう》に飛び込みました。

防空壕の入口めがけて機銃掃射が行われ、爆弾が次々投下されました。

爆風で壕自体が潰《つぶ》され、兼次さんたちは生き埋めになります。

同僚の手によって土の中から掘り出された時、兼次さんは目を開けて「あぁ、楽だなぁ」と言ったそうですが、渡辺病院に運び込まれた直後に息を引き取ります。

弟さんは千葉鉄道連隊に入営し、終戦を迎えて帰郷を果たしました。

二上郷嗣さんのお母様は、女手一つで三人の息子を育て上げました。

二上さんは子どもの頃から書が好きだったそうですが、家庭が貧しかったために大学に進学することはできませんでした。

二上さんは、亡き父親と同じ国鉄に入社し、同じ検査係となります。

勤務の傍《かたわ》ら書の道に励み、国内最高峰の公募展である読売書法展の漢字部門で入選し、篆刻《てんこく》部門でも毎日書道展で入選するまでになります。

東日本大震災の前までは自宅で書道教室を開き、十五人の生徒が通っていたそうですが、原発事故によって子どもを持つ若い世帯が避難し、生徒が一人もいなくなってしまいました。

わたしは、毎週水曜日の午前九時半に二上さんのご自宅に伺い、三時間書道を教えていただくことになりました。

まず硬筆から始めるということで、わたしはBの鉛筆を手にして書道の入口に立ちました。

この間は、二上先生があらかじめ朱文字で書いてくださっていた「いろはにほへと　以呂波仁保部止」のお手本を受け取りました。「原町　柳美里」と署名も

二上郷嗣さん

書いてくださっていたのですが、書き順に自信がありませんでした。スマホの常用漢字筆順辞典アプリで検索してみたところ、なんと「美」の書き順を間違えていたことが判明しました。

ある程度納得のいく字が書けたら、二上先生の机に持っていき、朱を入れてもらいます。二上先生に、払いや止めを右に引っ張る癖があることを指摘されました。

「サインで速書きをしなければならないから乱暴に書いているように見えるけれど、そうじゃないんだ。字が大きく勢いがある。こういう人は伸び代《しろ》が大きい」と褒めていただきました。

パソコンやスマホでデジタルの文字を打って言葉を伝達し記録する時代だからこそ、わたしは書者の心の動きによって一字一字、太い細い、強弱、緩急《かんきゅう》などが異なる書に惹《ひ》かれます。

そして、師である二上郷嗣さんの八十年の人生にも惹かれているのです。

文字も人生も一回限りのものです。

自分の魂と他者の魂の軌跡が触れ合うような体験は、そうそうできるものではありません。

いま、二上先生に雅号を考えていただいています。

先生の雅号は「明雨」です。

わたしは先生の「雨」の一字を継ぎたいと思い、その気持ちを伝えました。

十七年前に死んだ伴侶、東由多加《ひがしゆたか》は雨男でした。とにかく雨が好きで、晴れの日もレインコートを着ていました。公演の初日は雨に降られることが多く、客足を心配する劇団員たちを、初日に雨が降ると公演が成功すると励ましていました。

「おれが生まれ育った長崎は雨が多いんだよ。『長崎は今日も雨だった』という歌があるくらいだからね。死ぬ時は雨が降っているといいな」と言っていましたが、息を引き取る時も雨だったし、お通夜も、長崎の墓地での納骨式の時も、待ち構えていたかのように雨が降り出しました。

わたしがいま一番楽しみにしているのは、雨の字が入った自分の雅号を筆で書くことです。

「もう、梨作りをすることはない」

青来有一《せいらいゆういち》さんと縁を持ったのは、二〇一五年八月九日のことでした。

わたしは、当時高校一年生だった息子と共に、長崎県の城山《しろやま》小学校で行われた被爆から満七十年の平和祈念式に参列しました。

城山小学校は、爆心地から五百メートルの場所に位置し、全校生の八割にあたる約千四百人の子どもたちが爆死しました。

城山小学校は、東由多加の母校です。

東由多加は、城山小学校の胎内被爆をした子どもたちが集められた「原爆学級」で六年間を過ごしました。

青来有一さんとわたしは何度か同じ回に芥川賞候補となり（共に落選し）、ほぼ同時期に芥川賞を受賞しました。青来さんはご両親が長崎市内で被爆をした「被爆二世」で、原爆をテーマにした作品を数多く発表されています。

そして驚くべきことに、城山小学校、淵《ふち》中学校、長崎西高校、と小・中・高全て東と同じなのです。

平和祈念式で青来さんにお目にかかったわけではなく、青来さんがご自分の名刺を長崎市議会議員の方に託し、その名刺を受け取ったのでした。

青来さんは、本名の中村明俊《あきとし》としては長崎市役所で役所勤めを続け、二〇〇五年に長崎市平和推進室長、二〇一〇年に長崎原爆資料館館長に就任していらっしゃいます。

わたしは、八月の終わりに青来さんにメールを送り、その後メールのやりとりを続けました。

「私も南相馬市をはじめ、福島など被災地を訪ねたいと思いながら、なにか遠慮してしまうようなためらいがあり、今日まで訪問できないでいました。ぜひ一度、訪ねたいと思います」

「フルーツの香りただようロマンの里」――大熊町

「来年の春に、南相馬市小高区の避難指示が解除されます。避難指示解除前後に、是非、南相馬にいらしてください」

青来さんの南相馬訪問が実現したのは、今年の二月四日のことでした。

わたしは「福島県を訪れるのは生まれて初めてです」とおっしゃる青来さんと共に、東京電力福島第一原子力発電所の立地自治体である大熊町《おおくままち》を歩きました。

ご案内いただいたのは、梨農家の鎌田清衛《かまたきよえ》さん（七十四歳）です。

鎌田さんのお宅と梨畑がある小入野《こいりの》という地区は、原発から三キロ地点に位置し「帰還困難区域」に指定されています。中間貯蔵施設（福島県内の放射性物質に汚染された土や廃棄物を三十年間保管する施設）の建設予定地でもあります。

車から降りて梨畑を歩くと、梨の木に花芽がついていました。

鎌田さんのお宅の敷地内にある梨の箱詰めなどを行う作業部屋の入口には、和梨の収穫・販売予定の貼紙があり、それぞれの品種の特徴を鎌田さんが書いてありました。

「果汁たっぷり　甘さと酸味ほどよくミックス／福島県育成のオリジナル品種　肉質極軟らかで甘い　大玉形よく貫禄あり／和梨の中で一番甘ぁ〜ぃ梨　病気に弱く栽培がむづかしい／甘酸っぱく多汁　コタツに入って食べるのに最適／超大玉　1個1kg以上も

あり　歳暮用品に最適」

鎌田さんは、わたしが生まれる前から大熊町で梨を作り続けてきました。

鎌田さんの著書『残しておきたい大熊のはなし』（歴史春秋社）によると、最初の十年間は失敗と模索《もさく》の繰り返しでした。最高品質の梨が作れるようになった頃に原発の建設が始まり、離農して原発関連の仕事に就《つ》く若者が増えていきました。

それでも、鎌田さんたち梨農家は、「フルーツの香りただようロマンの里」という大熊町のキャッチフレーズを生かすために、香り高いラ・フランスやル・レクチェなどの洋梨を作ることに挑戦します。洋梨栽培を成功させるまでには和梨よりも長い年月を要しましたが、ようやく二〇〇一年頃から軌道にのせることができました。

手間も費用もかかる有機栽培で、一番おいしい頃合で食べてもらうために小売店には棚置きせず、口コミでの限定販売に拘《こだわ》っていました。おいしさだけを追求して五十年間たゆまぬ努力を続けてきたからこそ、原発が爆発した瞬間、「終わった」と思ったそうです。

鎌田さんは現在、福島県須賀川市で避難生活を送っています。

もう、梨作りをすることはない、とおっしゃっています。

イノシシが突進して壊したというガラス戸から、鎌田さんのお宅の中を覗《のぞ》くと、にこやかな垂れ目の恵比須様がコタツの天板の上に鎮座《ちんざ》していらっしゃいました。畳の上はネズミの糞《ふん》だらけだったので、鎌田さんが抱きかかえて避難させたのでしょう。

「父が大事にしてたんですよ」と鎌田さんはおっしゃいました。

車に戻ると、鎌田さんの梨畑の奥から大きなイノシシがやって来ました。

「見る影もないです」という鎌田さんの言葉に、わたしと青来さんは相槌《あいづち》を打つことさえできませんでした。

いかなる教訓も意味付けも不適切に思える痛苦の只中《ただなか》を歩きながら、わたしは「問う者」としてではなく、「問われる者」として、問いに曝《さら》されているのを感じました。

倫理の行き止まり

鎌田清衛さんの案内で、青来有一さんと大熊町を歩いた時のことです。

わたしたちは、大川原スクリーニング場に立ち寄って線量計を受け取り、白い防護服、髪カバー、マスク、靴カバー、ゴム手袋を装着して、「帰還困難区域」を巡り歩き、十二時を過ぎたので、熊川地区の丘の上にある慰霊碑《いれいひ》にお参りしてから海辺で昼食をとりましょう、ということになりました。

ご自宅の跡地が見える丘の上に慰霊碑と小さな地蔵菩薩《ぼさつ》を建立《こんりゅう》したのは、津波で家族三人を亡くした木村紀夫《のりお》さん（五十歳）です。木村さんと鎌田さんとは縁戚《えんせき》関係にあります。

原発から南に三キロ、熊川海岸から百メートルの場所に、木村さんが家族六人で暮らしていた家はありました。

二〇一一年三月十一日午後二時四十六分、木村さんは隣町の職場で大きな揺れに襲《おそ》われました。

地震後、近所の児童館にいた次女の汐凪《ゆうな》ちゃん（七歳）を、木村さんの父親の王太朗《わたろう》さん（七十七歳）と妻の深雪《みゆき》さん（三十七歳）がそれぞれの車で迎えに行き、三人は避難の途中で津波に巻き込まれたとみられています
日暮れ前に自宅に辿《たど》り着いた木村さんは、夜通し三人を捜し続けましたが、翌朝、原発事故による避難指示が出たため、長女（十五歳）と母親（七十七歳）を連れて避難せざるを得なくなりました。自宅近くで王太朗さんが、いわきの海上で深雪さんが発見されたのは、四月のことでした。

汐凪ちゃんだけが見つからなかった——。

木村さんは転居先の長野県白馬村《はくばむら》から休みのたびに大熊町を訪れ、汐凪ちゃんを捜しています。

津波で基礎しか残っていない自宅周辺で、汐凪ちゃんが迷子にならないようにと暗くなると自動的に明るくなるソーラーイルミネーションを設置しています。

昨年十二月二十二日、熊川海岸近くで見つかった歯のついた顎《あご》と首の骨の一部が、DNA鑑定で汐凪ちゃんのものだと判明した、ということを地元紙の報道で知りました。

丘に向かう細道を歩いて慰霊碑の前に立つと、防護服を着ていない男性がベンチを固定していました。上野敬幸《たかゆき》さん（四十四歳）です。

上野さんが家族六人で暮らしていた家は、南相馬市原町区萱浜《かいばま》にあり、父親の喜久蔵《きくぞう》さん（六十三歳）、母親の順子さん（六十歳）、長女の永吏可《えりか》ちゃん（八歳）、長男の倖太郎《こうたろう》くん（三歳）が津波の犠牲になりました。

喜久蔵さんと倖太郎くんはまだ行方不明のままで、上野さんはご自身が代表を務めるボランティア団体「福興浜団《ふっこうはまだん》」の仲間たちと共に二人を捜し続けています。

上野さんは、まだ二人が見つかっていないし、家族で暮らした思い出の地から離れるわけにはいかない、と被害に遭《あ》った家の隣に新しい家を建てられました。

熊川海岸

震災から半年後に誕生した次女は、亡くなった永吏可ちゃんと倖太郎くんの名前を合わせた倖吏生《さりい》という名前です。昨年七月二十五日、野馬懸《のまかけ》後の小高神社の境内で、倖吏生ちゃんを抱っこした上野さんをお見かけしました。

慰霊碑と地蔵菩薩に黙礼をして丘を下り、木村さんのご自宅跡地の前を通り過ぎ、夏場は海水浴客で賑《にぎ》わっていた熊川海岸へと向かいました。

すると、農作業をしているような普段着の老人が叫びながら手を振り、「おーい！　鎌田さーん！　お湯あっどー！　あっこにお湯ー！」と、プレハブ小屋を指差しました。鎌田さんは、木村家の隣で暮らしていた方だと紹介してくださいました。仮設のプレハブ小屋で昼食をとれば、お茶やコーヒーを飲めるということでした。

プレハブ小屋では「福興浜団」のメンバー四、五人が食事をしていました。みなさん、防護服は着用していませんでした。

「紀夫くんだ」と、鎌田さんが歩み寄っていった男性は、頭にタオルを巻き、スコップを手にして立っていました。

「十二月に汐凪の一部が見つかったけれど、全部見つかるまで捜し続けます。中間貯蔵施設建設には反対はしないけれど、協力もしません」と、木村さんはおっしゃいました。

原発の立地自治体である大熊・双葉両町の一千六百ヘクタールに、除染で出た廃棄物を保管する「中間貯蔵施設」の建設が進められています。

もちろん、どこかには建設しなければならない必要不可欠な施設です。

しかし、そこには、鎌田さんの梨農園とご自宅があり、母校があり、夏祭りが行われていた神社があり、墓地があり、海岸に散らばってしまった汐凪ちゃんのご遺体がある。

津波と原発事故によって奪われたもの、亡くした人を、捜し、悼み、悔やむことを「中間貯蔵施設」建設によって剥奪される——。

わたしと青来有一さんは壊れた堤防に肩を並べて座り、コンビニエンスストアで買ったおにぎりを食べました。

あの目の空と海の青さは、あらゆる倫理の行き止まりとして、わたしの胸に今も在ります。

「あの家を生かしてもらえれば……」

七月頭に引っ越します。

南相馬市原町区から小高区に移るのです。

二〇一一年に起きた原発事故によって、小高区は全域が「警戒区域」に指定されました。避難指示が解除されて、もうじき一年になりますが、帰還住民は二千二百五十五人です。

帰還した人は、生まれ育った土地、住み慣れた家で暮らし、死にたい、という強い思いを口にされます。帰還できない、帰還しない人の理由は、放射能に対する不安のみならず、スーパーマーケットや病院や介護施設などの福祉住環境の不足や不備、隣組の人が誰もいなくなったという人間関係の断絶など様々です。

小高では、毎日どこかしらで、帰還を断念した人の家が解体されています。

原町では、毎日どこかしらで、移住を決めた旧「警戒区域」の人の家が建設されています。

その光景の前に立つたびに、わたしの胸にも原発避難者の方々の複雑な思いが去来《きょらい》します。

わたしは、小高駅から徒歩三分の場所にある古家を二千五十万円で購入しました。

今年の四月に、小高工業高校と小高商業高校が合併して小高産業技術高校が誕生しました。この六年間、仮設校舎での学校生活を余儀なくされていた生徒たちは、吉名の丘にある小高工業高校の本校舎に戻ることになったのです。

全校生は五百三人ですが、地元小高から通っている生徒は数人だと聞きました。大半が自宅の最寄駅から常磐線に乗って小高駅で降り、スクールバスや自転車や徒歩で通学しています。登校時間はみんな同じですが、下校時間は部活によって異なります。下校時間の

引っ越し直前の原町区南町の借家

電車は五本しかありません。十五時五十九分、十七時三十九分、十九時十九分、二十時十九分、最終の二十一時十九分。

電車を一本乗り遅れたら、時間帯によっては一時間半も待たなければならない。ブックカフェを開き、生徒たちがおしゃべりをしたり、軽食をとったり、宿題をしたり、携帯電話の充電をしたり、Wi-Fiでゲームをしたり、思い思いのことをして時間を過ごせる場所を作りたい、と頭の中であれこれ計画していましたが、小高への転居は早くても二〇一八年の四月以降だなと思っていました。

十七歳の息子は原町高校に通っています。原町区南町の借家から高校までは自転車で十五分の距離です。約半年後に大学受験を控えているので、放課後は近所の塾で勉強しています。小高に転居したら塾の送り迎えが大変です。

小高駅の近くで売りに出されている土地が全くないということもありました。

ところが、二月頭に意外な人から、土地を買わないかという話が舞い込みました。

ツイッターで相互フォローしている原町高校卒業生の中島《なかじま》穂高《ほたか》くん（十九歳。早稲田大学二年生）から、突然ＤＭが届いたのです。

「原町に帰省しております。以前、柳さんから小高に本屋をお開きになりたいと伺いました。既に物件の手続きに入っていたらごめんなさい。実は、小高駅前にある母親の実家を売りに出すことになりました。長年の思い出のある土地と家ですが、八十歳を超える祖母のことも考え、苦渋の判断を下したそうです。私は大反対したのですが……。お金が絡んで来るので、学生である私にはどうにもできないのですが、物件選択の一つとして考えていただけるとうれしいです」

原町の我が家で話をすることになりました。

穂高くんは、地元の銘菓「凍天《しみてん》」（ドーナツのような衣の中にヨモギの「凍《しみ》もち」が入っている揚げ餅菓子）を手土産に持ってきて、しっかりした口調で「見ず知らずの人に家を売るのは嫌なんです」と、小高の家への思いを語りました。

数日後に、穂高くんのお祖母様と伯父様に家の中を見せてもらい、購入することを決めて、銀行でローン審査の申請手続きを行いました。

六月十九日、銀行の応接室で土地売買の契約を交わしました。

司法書士が小高の住所を「おだかくあずまちょう」と間違えて読み上げた時、穂高くんの伯父様が、「ひがしまち」と自分が生まれ育った町の名を声にしました。

土地の所有権がわたしに移り、家の鍵を手渡された時、「なんだか複雑……長年暮らした家を……」と穂高くんのお祖母様は唇を震わせ、伯父様は「原発事故さえなかったら……」と頬の辺りを強張らせました。

わたしは、「小高の人が誇れるような本屋にします」と頭を下げました。

「あの家を生かしてもらえれば……」と言ってくださった伯父様とわたしは握手をしました。

本屋「フルハウス」は、二〇一八年春の開店を目指します。

息子の大学受験の日程を考えると、息子を我が家から送り出し、小高産業技術高校の新入生を迎える四月上旬がいいだろうと考えています。

この一週間は荷造りです。

小高での新しい生活が始まります。

本棚の繋がり

七月二日に引っ越しました。

一番の難題は、本でした。

わたしの蔵書は段ボール三百五十箱以上あるのです。

鎌倉の持ち家から原町の借家に転居した時も、本の収納には困り果てました。

鎌倉の家は、わたしが注文して、母が営んでいる不動産屋が新築したので、地下室を書庫にし、仕事場にしていた中二階の壁面は全て作り付けの本棚でした。

原町への引っ越し時には地元の大工さんに頼んで、一階と二階の床の間にぴったり嵌《は》まる本棚を作ってもらい、その本棚と押入に蔵書をなんとか押し込めました。

今回の引っ越しで、その本棚が大き過ぎて入らない、ということを運送会社のスタッフに告げられた時のショックといったら――。

引っ越し当日は雨でした。外で雨に打たれている本棚の前で、「これ、ほんとに入らないの？　本はどこにしまうの？」と、わたしは大袈裟《おおげさ》ではなく涙ぐみました。

本棚を買うために仙台のＩＫＥＡにも遠征しました。

自家用車に乗らないサイズの本棚をカートにのせて配送カウンターに持っていったところ、「警戒区域」である小高区には商品を配送することができないと言われ、仙台辺りでも一年前の避難指示解除の情報が行き渡っていないのか、と驚きました。避難区域の住民が同じ扱いを受けたら気の毒なので、カウンターで原発事故の避難区域の現状を説明して対応を求め、ＩＫＥＡと佐川急便に協議をしてもらうことになりました。

旧「警戒区域」に暮らすことの困難さについては、また別の機会に書きます。

ＩＫＥＡの本棚、鎌倉から持ってきた食器棚、靴箱、押し入れを全部使っても、三分の一の本は収納できず、やはり大工さんに本棚を作ってもらうしかない、という結論に達しました。

しかし、避難中に荒れ果てた家のリフォームや建て替えが集中している原発周辺地域では、数少ない大工さんに依頼が殺到し、二年待ちの住民もいるという話も耳にしています。

そんな中、片付けの合間にご近所に引っ越しの挨拶《あいさつ》をして回ったところ、わたしたちの家がある小高五区の飯塚宏区長のお宅に、福島県須賀川市の大工さんが出張しているということを知ったのです。

　相馬市で避難生活を送っている飯塚さんに電話をして、大工さんを紹介してほしいと頼んだところ、すぐに電話してくださり、「今日は雨で仕事にならないから家にいます。いま行って頼んでみてください」ということなので、さっそく菓子折を持って出掛けました。出掛けるといっても、飯塚さんのお宅は空き地を挟んで隣です。

　正午前でした。大工の岡《おか》部《べ》常《つね》雄《お》さんは、自分が直したという居間で奥さんとテレビを観ていました。当初は飯塚さんのお宅を修理したら須賀川に帰る予定だったそうですが、すぐやってくれる大工さんがいるという噂が広まり、次から次へと依頼が舞い込み、もう八

引っ越し直後の小高区東町の家

カ月も帰れないでいるとのことでした。

八十六歳の父親と八十四歳の母親がいて、母親が車の運転をして買い物に行っているけれど、どちらかが倒れたら、すぐ帰らなければならない、だから一軒家を新築してほしい、という依頼からは逃げている、と——。

「いま依頼を受けているのだと、いつまで小高にいる感じなんですか?」と、わたしはおそるおそる訊《たず》ねました。

「来年の三月までは、帰れないか?」と、岡部さんは奥さんの顔を覗いて苦笑しました。

「あのぉ……本が多くて、本棚が必要なんです」

わたしは思い切って話し出しました。

「本屋をやるんです。離れでは、朗読会やトークイベントも開こうと思っていて、参加者が自由に本を読めるようにしたいんですけど、本棚が足りないんです。子どもが絵本を手に取りやすいように、絵本の表紙を並べられるラックも作っていただきたいんです」

岡部夫妻は黙ってわたしの話を聞いていました。

「一度見てみないと……」

「見てください」と、わたしは膝の上に置いていた両手を握り合わせました。

「今から着替えて、すぐに行くから」と、岡部さんは座卓に手をついて腰を上げ、「家の図面があった方がいいな」と言いました。

「先に行って用意しておきます」と、わたしも腰を上げました。

なんて人の良いご夫妻なんだろう……。

わたしは傘の露先《つゆさき》からぽたぽた落ちる雨垂《あまだ》れを眺めながら、人と繋がる、その繋がり方は人それぞれだけれど、異邦の地に留まる理由は、自らの役割（使命）を通してなのだなと思いました。

お墓参り

わたしの親族のお墓は、この国にはありません。

母の父母が埋葬されているのは韓国慶尚南道密陽《キョンサンナムドミリャン》、父の親族が埋葬されているのは韓国慶尚南道山清《サンチョン》です。

初めて墓参をしたのは、自分のルーツを辿るテレビ番組の中でしたが、その後、自分で墓参の計画を立てたことはありません。どちらの墓も、道もないような山の頂上にあるということもあるのですが、物理的な遠さよりも、わたしと父母との心理的な距離、父母と祖父母との心理的な距離が遠いということが大きいのだと思います。

父と母は、わたしが小学生の時に別れています。

父と母もまた家族揃って暮らした経験は乏《とぼ》しく、二人とも親の死に目に会えていません。

わたしは大人になるまでお墓参りというものをしたことがありませんでした。

でも、何故か、いつも墓地の近くで暮らしていました。

お盆になると、線香の香りが漂ってきて、お墓の周りに家族が集まり、草毟《くさむし》りや掃き掃除をしたり、墓前に供物や供花を置いて手を合わせたりする――、その家族の姿を羨《うら》ましいものとして眺めていたのです。

二〇〇〇年四月二十日に、わたしは伴侶である東由多加を癌で亡くしました。

わたしと東は、十五年の歳月を共に過ごしましたが、結婚はしていませんでした。

東もまた複雑な家庭で育っているので、お墓をどうすればいいか非常に悩みました。

東の長崎西高の同級生に住職をしている人がいることを思い出し、彼に電話をして相談したところ、わたしが「東家」のお墓を建てることになりました。「東家」のお墓なので、わたしや息子が入ることはありませんが、わたしが東にできる最後のことだと思ったのです。

納骨の日のことは、はっきりと憶《おぼ》えています。

わたしは最後に青磁の骨壺《こつつぼ》に書かれている文字を読みました。

故 東由多加
享年 五十四

納骨室の中に入って骨壺を納めたのは、東の異母弟でした。

東の骨壺の隣には、東が七歳の時に病死した母親の遺骨が入っている古びた木箱と、東がほぼ絶縁していた父親の骨壺が並んでいました。

納骨室の石の扉が閉められた途端に、ぽつりと雨粒が落ちてきました。

慌てて線香の上に傘をさしかけましたが、雨脚は黒い御影石《みかげいし》の上で跳ね返るほど強くなりました。

墓に背を向けた時、傘の中で口がきけないほどの淋しさに襲われました。

帰還住民が少ない小高も、お盆の期間は墓参のために帰省した人々で少しにぎやかになります。

盆入りの八月十三日、小雨が降る中、わたしは自転車で津波の被害が大きかった沿岸部へと向かいました。津波の跡地は雑草で覆われていますが、庭木や壊れた門や塀の位置で、ここに家があったのだなと想像することはできます。

真新しい花束が供えられている門もありました。

何度か車が通り掛かり、徐行して、運転席と助手席の人がわたしの顔を見ました。同じ行政区の住民ではないとわかると、山の上にある共同墓地の方角に走り過ぎました。

わたしも共同墓地でお参りをしようと自転車を押して坂道を上りましたが、墓地の方から住民の方々の話し声と子どもの笑い声が聞こえて、「各地に散り散りに避難している住民のみなさんが久しぶりに集まったのだから、邪魔してはいけない」と坂道を引き返しました。

わたしは山の裏側に回って、村上城跡へと通じる細道を上りました。

左手に見えたのは、あの日の地震によって傾いたままの波切《なみきり》神社でした。

波切神社はその名の通り、津波の波が切れた地点を示すのではないかと言い伝えられています。

神社の斜め向いにある墓地も津波の被害には遭《あ》って

夏の村上海岸

いません。

急坂を上り切ると、地震によって倒壊した鳥居があり、村上城の本丸跡地に建てられた貴布根《きふね》神社の社殿の荒れ果てた姿が見えました。

わたしは黙って坂を下りました。

海が見えました。

坂道の下は村上海岸でした。

坂道に覆いかぶさるように迫ってきた大津波が見えるようで、わたしは足を止めました。

目を閉じて手を合わせると、波音と雨音が聴こえました。

女川駅舎の紙製のベンチ

九月二十四日に宮城県牡鹿《おしか》郡女川町《おながわちょう》へ行きました。

実は、前日まで忘れていたのです。

夕飯を食べていると、息子がフォークにミートソースパスタを巻きつけながら首を傾《かし》げました。

「あれ？　明日なんかあったはずだったけど、なんだっけか？」

壁掛けカレンダーを確認してみると、「おながわ秋刀魚《さんま》収穫祭」と書き込んでありました。

どうしようか、と迷いました。十月に、『国家への道順』（河出書房新社）、十一月に『春の消息』（第三文明社）、十二月に『飼う人』（文藝春秋）と三冊の新刊が出版されるために、そのゲラの手入れ作業が立て込んでいたからです。

でも、女川との縁は深い。

二〇一六年三月末に閉局した「女川さいがいエフエム」は、「南相馬ひばりエフエム」の「ふたりとひとり」をずっと放送してくれました。

震災直後に女川に入り、臨時災害放送局を設立し運営した放送作家の大嶋智博《おおしまともひろ》さんとは「同志」と呼び合う間柄です。

朝六時に起きて、よし行くか、と登山リュックに仕事道具を詰め込み、電車を乗り継いで四時間かけて女川駅に到着しました。ひと通りお祭りを見て歩き、大嶋さんともばったり会えたので、「ゆぽっぽ」でひと風呂浴びることにしました。

女川温泉「ゆぽっぽ」は女川町営の温泉施設です。JR石巻線の終着駅、女川駅舎の西側半分の二階に風呂と休憩所があり、一階にはギャラリーと地元物産販売コーナーがあります。

息子は無類の風呂好きで、長風呂です。休憩所のカウンターにタブレットを出して原稿を書き、無料のウオーターサーバーから水をもらって飲んでいた時のことです。

「ゆぽっぽ」に入るのは三度目でしたが初めて気づいたのです、椅子やテーブルが紙でできていることに――。

気をつけて見てみると、天井も一面紙筒で波のようにうねっているデザインでした。

わたしは立ち上がり、一階ギャラリーに設置されている紙製のベンチに座ってみました。美しいだけではなく、座り心地も良かった。

わたしは、ブックカフェに置く大きなテーブルと椅子をどうしようかと悩んでいました。イベントやコンサートや演劇をやっている二、三時間、腰やお尻の痛みを感じずに、地元のお年寄りが座れる椅子はないだろうか、と。金に糸目をつけなければいくらでも良い椅子はあるのですが、お金は、小高の中古住宅購入費とハウスクリーニング費と修繕費などで尽きてしまったのです。IKEAや無印良品に行って、一万円以下で座りやすそうな椅子を一脚買っては生活の中で試し座りしていたのですが、及第点を出すには至りませんでした。

わたしは、ようやく風呂から上がった息子と共に

おながわ秋刀魚収穫祭

「ゆぽっぽ」を後にし、石巻線の中でスマホで調べました。「紙筒椅子」というキーワードで、「ゆぽっぽ」と同じベンチの画像にヒットしました。

紙管の椅子をデザインしたのも、女川駅舎を設計したのも、坂茂《ばんしげる》さんでした。

坂茂さんは、建築界のノーベル賞とも言われるプリツカー賞を受賞した建築家です。

わたしは、坂茂建築設計事務所の公式サイトの「お問い合わせ」ページにあったアドレスにお願いのメールを送信しました。

坂さんご自身から返信が届いたのは、石巻駅に到着する直前のことでした。

「椅子と言わず、本屋の内装設計でも、小劇場設計でも何でもボランティアでやります。今年四月には双葉町の原発ギリギリまで行ってきました。近々先《ま》ずはそちらに伺います」

十月十四日、小高の我が家で、坂茂さんと坂茂事務所のスタッフの方々と打ち合わせを行いました。

この場所を起点にして、奇跡のような縁がいくつも結ばれ、点と点、線と線は一つの面に成りつつあります。

大いなる力とあやとり

今回も不思議な縁のお話をします。

四年前、友人の城戸朱理《きどしゅり》さんが岩手日報文化賞を受賞した際、スピーチを頼まれて、盛岡の岩手日報本社に行きました。その会場で同じく受賞者だった三陸鉄道の望月正彦社長とお話をしました。

「三鉄《さんてつ》に乗ってみたいです」

「ぜひ、乗りに来てください。わたしがご案内します」

その約束を果たすことができたのは、今年の十月十日のことでした。

城戸朱理さんが監修しているCSの番組で、「人生のメビウス〜柳美里の北リアス線」というドキュメンタリーを企画してくれたのです。

残念ながら望月社長は退任されていたので、後任の中村一郎社長と三陸鉄道の宮古《みやこ》駅で待ち合わせをしました。

三陸鉄道は、鉄道マンたちが瓦礫《がれき》を撤去し線路の泥を洗って、電気が通らず使用できない踏切の代わりに手旗とロープで人力踏切の練習をして、東日本大震災の五日後に久《く》慈《じ》―陸中《りくちゅう》野田《のだ》駅間で運転を再開し、一週間無料で運行しました。

「線路に人が歩いているかもしれないから、警笛をバンバン鳴らせ」という指示に従って警笛を鳴らしながら、通常九十キロで走るところを二十キロの速度で走っていると、瓦礫を片づけていた沿線住民たちが大きく手を振り、涙を流して喜んでいたというお話をうかがい、涙がこみ上げました。

福島県沿岸部も、津波と原発事故によって常磐線が寸断されました。復旧区間が一駅延びるたびに沿線住民たちは泣いて喜び、わたしたち家族も必ずその日の列車に乗っているからです。

わたしは、津波によって駅舎・ホーム・高架・線路の全てが流失した三陸鉄道北リアス線の島越《しまのこし》駅に降り立ちました。

旧駅舎の約百メートル内陸に再建された島越駅の駅舎（愛称カルボナード）は、螺旋《らせん》階段があるメルヘンチックな建物です。カルボナードは、岩手県を代表する詩人・宮沢賢治の「グスコーブドリの伝記」に登場する火山の名前です。

旧駅舎跡地には、大津波に耐えて残った駅舎へと続く階段と宮沢賢治の詩碑（発動機船 二）が震災遺構として保存されています。

二〇一九年三月、ＪＲ山田線の津波被害が大きかった宮古―釜石駅間は運行が再開され、三陸鉄道に移管されます。南北リアス線に分断されていた三陸鉄道は久慈駅（久慈市）から盛駅《さかり》（大船渡市《おおふなと》）まで一本に繋がり、第三セクター鉄道としては日本最長となります。

「家族で乗りに来ます」と、わたしは中村社長と新たな約束を交わしました。

浄土ヶ浜パークホテルに泊まり、翌朝の九時四十五分のことです。

浄土ヶ浜

わたしは荷造りが苦手です。いつもチェックアウトの時間を過ぎてフロントから呼び出しの電話を受け、慌ててスーツケースを引き摺って部屋を飛び出すのです。

その日は朝食をパスして、朝七時半から太極拳のような動きでゆっくり荷造りを進めたせいか、九時半にスーツケースの鍵をかけることに成功しました。

フロントのカウンターにキーを置いて精算を済ませ、ロビーでコーヒーを飲んでいると、「柳美里さん」と声を掛けられました。

背広姿の二人の男性が立っていました。

わたしは名刺を受け取りました。

日本出版販売株式会社（日販《にっぱん》）の東部支社長の椎木康智《しいきやすとも》さんと、東北支店長（当時）の渡辺忠男《わたなべただお》さんでした。

「柳さんが南相馬市小高区で書店を出されるというニュースを聞いて、ずっと気になっていたんです。取次《とりつぎ》は決まりましたか？」

「いえ、実は取次が最大の難関だと思ってるんですよ」

「うちでやらせてください」

「え……」

と、驚いていると、

「いま、うちの社長の平林が下りてくるので、数分お待ちいただけますか？　一年に一度三日間、平林は東日本大震災の被災地を歩いているんです。岩手県には毎年来ていいます」と渡辺さんがおっしゃいました。

わたしは、日販の代表取締役社長である平林彰《ひらばやしあきら》さんと名刺の交換をしました。

「社長、柳さんの書店をやらせてください。社長が、やっていいって言ったら、すぐ動けますから」と、椎木さんがおっしゃいました。

現在、日販との契約に向けての話し合いをしている最中です。

あやとりは、一本の糸の両端を結んで輪にし、両手の指に糸を引っ掛けたり絡《から》めたりして梯子《はしご》や箒《ほうき》などの形を作り、糸を引き抜いたり外したりすると別の形に変わる手品のような遊びですが、最近、自分の意志ではなく、大いなる力にあやとりのように動かされているのではないかと思うことがあります。

目に見えないものを感知する第六感を研ぎ澄ませて、わたしは前に進みます。

来春、南相馬市小高区の自宅に本屋フルハウスをオープンします。

縁の糸

『春の消息』が本になりました。

東北大学大学院の佐藤弘夫《さとうひろお》教授との共著です。

二〇一六年の盛夏から初冬にかけて、青森県五所川原市《ごしょがわら》の賽《さい》の河原・川倉地蔵尊《かわくらじぞうそん》や、「姥捨《うばす》て」の地として有名な岩手県遠野市のデンデラ野・ダンノハナや、散骨の風習のあった宮城県の松島など、東北各地の霊場《れいじょう》を訪れました。

佐藤さんのご先祖の居城《きょじょう》があった宮城県の丸森町《まるもりまち》や、わたしたち家族が暮らしている南相馬市小高区の遺跡や史跡を訪れ、大熊町の中間貯蔵施設予定地を梨農家の鎌田清衛さんにご案内いただきました。

この本で最も素晴らしいのは、仙台在住の写真家・宍戸清孝《ししどきよたか》さんの写真です。写真はその対象の一瞬の外観を留《とど》める芸術ですが、宍戸さんがカメラに納めた地蔵や仏像や遺品や供養の人形や絵馬や地獄極楽図は、空無《くうむ》から死者の思い出を救い出すような慈愛《じあい》に満ちた眼差しに照らされている。だから、その瞬間に凍りついていない。宍戸さんの写真の中には血液のような時間が流れています。

十二月九日、岩手県盛岡市のさわや書店ＯＲＩＯＲＩ店にて『春の消息』の発売イベントを行いました。

わたしは一方的に話をする講演が苦手なので、いつも対談形式にしていただくのですが、今回のお相手はさわや書店の田口幹人《たぐちみきと》さんでした。

小高から盛岡へと向かう五時間の道すがら、田口さんの『まちの本屋　知を編み、血を継ぎ、地を耕す』（ポプラ文庫）を読みました。

町にとって、本屋はあった方がいいものではなく、「絶対に必要なもの」と言い切る田口さんは、一冊の本には苦しみや悲しみの只中にある人の意識を、苦しみと悲しみの外へと連れ出す力があるということを

黒鳥観音堂で佐藤弘夫さんと（宍戸清孝さん撮影）

知っています。

十二月十日は、宮城県仙台市の丸善仙台アエル店で、佐藤弘夫さんとのトークイベントとサイン会を行いました。

折り畳みの会議用テーブルに並んで座り、佐藤さんが後ろ見返しにサインをした後、わたしが前見返しに、お客さまのお名前、日付、場所、「春は生者にも死者にも息吹を与える」という言葉を書いてサインをし、担当編集者の朝川桂子さんに落款を捺していただく、という流れだったのですが、佐藤さんはサインペン、わたしは筆ペンだったために、わたしの方が倍以上時間がかかりました。

佐藤さんがお客さまに話し掛けてくださいました。

「どちらからいらっしゃいましたか？」

仙台在住の方だけではなく、南相馬市や、佐藤さんの故郷の丸森町や、津波被害の大きかった女川町から来てくださった方もいらっしゃいました。

わたしがお名前を書いている最中に、「震災のことをいろいろ思い出して涙が止まらない」と目頭を押さえた七十代後半の男性もいらっしゃいました。

僅《わず》かな間ではあるけれど、お客さまの目と目を同じ高さにしてお話するために、わたしと佐藤さんの前に一脚ずつ椅子を置いていただきました。

　同世代の女性がわたしの前に座りました。

「美里、憶えてる？」と問われ、わたしは筆先を紙から離して顔を上げました。

　その名にも、その顔にも、憶えがありませんでした。

「それは夫の姓なの。わたし、中村美穂。横浜共立学園のバスケット部の……」

「えぇ！」

　わたしは、神奈川県の横浜共立学園に中学の三年間と高校の一年間在籍していました。中学二年の時はバスケット部に所属していた――。

「いま、仙台に暮らしているのね。何日か前に丸善に来たら、美里のポスターが貼ってあって、懐かしくて

佐藤弘夫さん（手前）と著者（丸善仙台アエル店）

来てみたの。去年、わたしたちの学年全員が集まった同窓会があったんだけど、美里の話題も出たよ」

「高校退学しちゃったから、一度も同窓会に招《よ》ばれたことがなくて……」と、わたしはサインをしました。

「フェイスブックにアップするから一緒に写真を撮って。みんなに同窓会に美里を招ぼうって言ってみる」

わたしたちは並んで写真を撮りました。

小高に帰宅して、フェイスブックで彼女を探そうと試みましたが、どうしてもサインをした現姓を思い出せなかった――。

十代前半で道を踏み迷って闇の最中でもがき苦しんだ時を思い出しながらも、その苦しみが遠のいているのを感じました。

今のわたしならば、かつての級友たちと懐かしく語り合えるかもしれない。

わたしは今、『春の消息』が繋いでくれた縁の糸の片端を握りしめて、彼女から連絡が来るのを待っています。

二〇一八年

良い本との出会い

「フルハウス」のオープンが四月九日に決まりました。

本の搬入《はんにゅう》は四月三日。

逆算すると、本の発注の締切は二月半ばです。

発注リストを日販に送って、担当者と細かいやりとりをすることになっています。

現在、わたしは選書に明け暮れています。

フルハウスは、パターン配本を行いません。

日本全国に約四千社ある出版社の年間八万点にも及ぶ新刊の多くは、いったん取次会社に搬入されてから約一万店ある書店に配本されます。

パターン配本とは、取次会社による自動送本システムのことです。取次が、各書店の面積や立地や地域性、住民数や年齢構成などの情報、販売実績などを勘案《かんあん》して、その書店に適した出版物のジャンルや冊数を決めて配本してくれるのです。

パターン配本は、本や経営にさほど詳しくない素人《しろうと》でも書店を開業でき、毎日新刊が入荷するという、ある意味便利なシステムなのですが、どの店も似たような品揃えになってしまうというデメリットもあります。

フルハウスは僅か十坪です。パターン配本を行ったら、駅構内のチェーン店のような売れ線の本と雑誌とコミックのみの棚になってしまう。

フルハウスの立地は、東京電力福島第一原子力発電所から十六キロ地点、原発事故によって「警戒区域」に指定された場所です。

原発事故前に一万三千人ほどいた住民は、現在二千四百人ほどしか帰還していません。

日販の担当者は、「旧警戒区域の書店はフルハウスが史上初ですし、小説家が店主になるというのも、わ

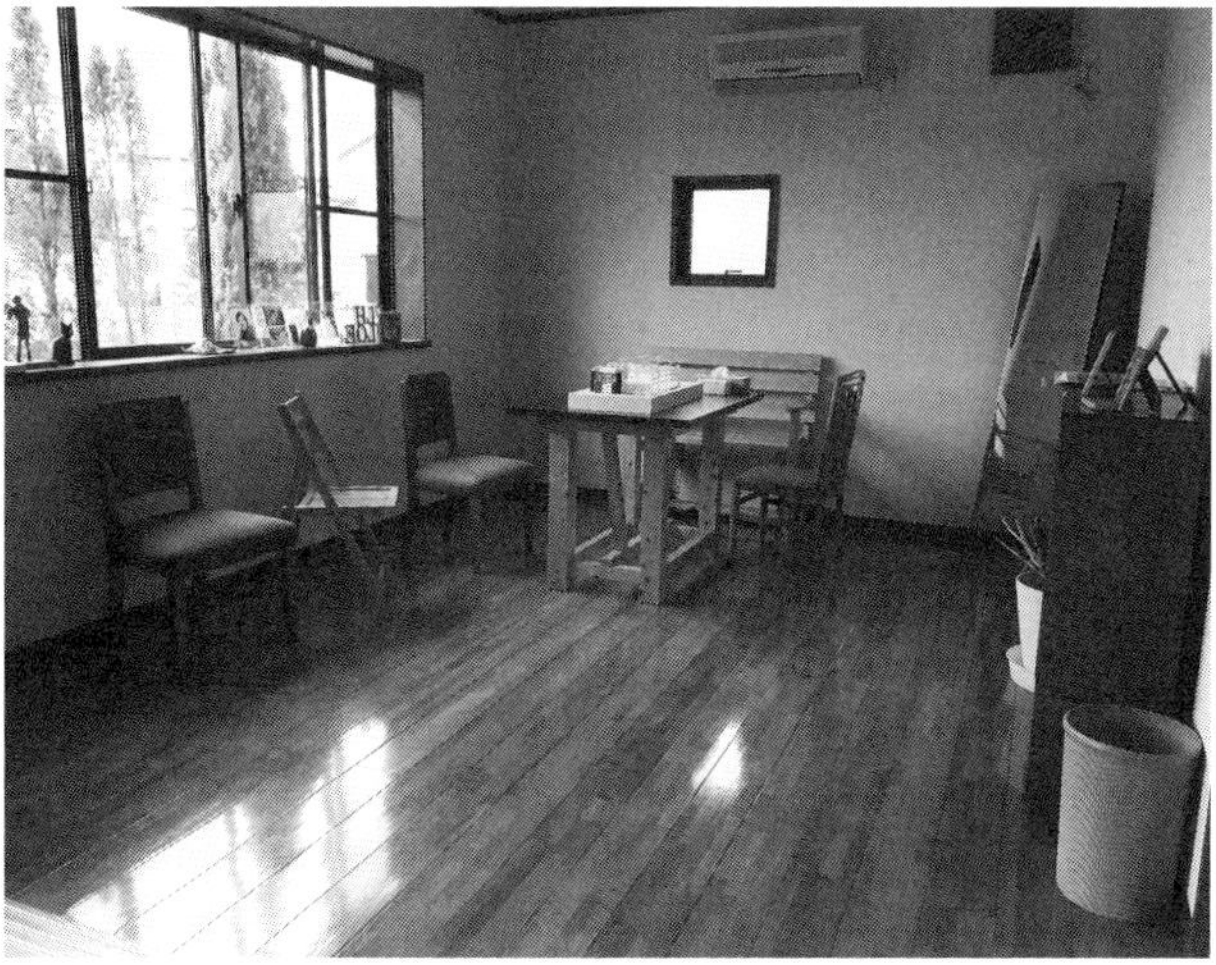
本屋となる部屋

たしたちが知る限り初めてです。データがないんですよ」と率直におっしゃいました。

二〇一七年十一月二十四日に仙台の日販東北支店で行った一回目の話し合いでは、ある程度日販のデータ（売れ筋ランキングなど）を参考にして実用書や絵本や雑誌を選ぶということにしましたが、それではいけない、と思い直しました。

わたしは、三月二十五日に閉局する臨時災害放送局「南相馬ひばりエフエム」の「ふたりとひとり」で、約六百人の住民のみなさんのお話を収録してきました。

地元の小高工業高校と小高商業高校で二十三回の講義を行い、「わたしの好きなもの」というタイトルで作文を書いてもらい、添削を行いました。

何が言いたいのかというと、日販の担当者よりも、わたしは地元のみなさんが何に関心があるのか、どんな趣味を持っているのかということについては詳しいのです。

全てのジャンルを選書することに決めたのは、二月八日に行われた日販との二回目の話し合いでのことです。

棚や平台の設計図を見て、日販の担当者がはじき出した冊数は、棚背七割・棚面三割陳列の場合、約四千冊（約五百万円）です。

わたしは、フルハウスの副店長を務める村上朝晴くんと共に、原ノ町駅前にある南相馬市立中央図書館に三日間通い詰めて、フルハウスに置くべき本を選んでいきました。

返本は、できる版元もあるし、できない版元もある、返本の送料は書店持ちである（返本ばかりしていたら利益が出ず、店を存続できない）、開店時の本を期限だからと言って全て返本してしまったら棚は空っぽになる（開店時の本は買い切りに近い）ということを頭の隅に置くと、意外と本が選べない。

これは、いい本だけど、たぶん売れないよなぁ、といったん手に取った本を棚に戻すという繰り返しです。八時間以上立ちっぱなしで、時には屈《かが》んで本を選んでいたのでふくらはぎがパンパンになり、目は赤く充血して真っ直ぐ歩けないほど疲労しました。

図書館が閉館した後は、書店をハシゴして新刊を見て歩きました。

村上くんは選んだ本をバードウオッチング用の数取器《かずとりき》でカウントしていきましたが、三日間で四百冊しか選べなかった――。

友人のみなさんにも、「〇〇の二十冊」「〇〇できる二十冊」とテーマを決めて二十冊選んでほしい、とお願いをしました。

個々のテーマはフルハウスが開店してからのお楽しみですが、依頼を受けてくれたのは、映画監督の岩井俊二さん、写真家の藤代冥砂さん、写真評論家の飯沢耕太郎さん、文芸評論家の若松英輔さん、榎本正樹さん、日本思想史家の佐藤弘夫さん、昆虫学者の丸山宗利さん、ノンフィクション作家の最相葉月さん、詩人の城戸朱理さん、和合亮一さん、劇作家の平田オリザさん、前田司郎さん、歌人の俵万智さん、小説家では、角田光代さん、村山由佳さん、いしいしんじさん、藤沢周さん、山崎ナオコーラさん、小山田浩子さん、青山七恵さん。

本は、単なる商品ではありません。

読者は、消費者ではないのです。

わたしは、フルハウスを訪れる人が、自分の中に確かに存在するけれども、目では見えない「こころ」と出会うことができるような本を揃えます。

良い本との出会いは、自分の「こころ」に触れることができるから。

北海道へと旅立つ息子

三月十五日、息子の荷物が小高の家から運び出されました。

ＡＯ入試で、北海道の大学に合格したのです。

わたしは、ヤマト運輸の三人の宅配員が次から次へと息子の部屋から段ボールを運び出し、中学の入学祝いにプレゼントしたロードバイクをプチプチや段ボールで梱包《こんぽう》してトラックに積み込む様子を見届けました。

ヤマト運輸の社訓には「運送行為は委託者の意思の延長と知るべし」という言葉があり、そうだ、その通りだ、これは息子の意思なのだ、しかも大学合格という慶事《けいじ》なのだ、と今回の出来事の起点に立ち返るものの、単純に悲しみや喜びに振り分けられない感情に、わたしは揉みくちゃにされていました。

「なんとか、部屋を全部移すことに成功した」と、息子は満足げに言いました。

息子の部屋の扉を開けると、棚や机の上に本や標本箱（息子はハネカクシやゾウムシなどの全長五ミリ以下の微小甲虫が好きで、小学校の頃から採集し標本を作り続けています）があったことを示す埃《ほこり》だけがうっすらと残っていました。

北海道の部屋は広くないから、当座の生活に必要な物だけ選んで持っていきなさいよと言ったのに、一切合切——、なんか、離婚した夫が出ていくみたいだなと思いましたが、「立つ鳥跡を濁さずって言うでしょ？　自分で掃除機かけて、きれいにしなさいよ」と、わたしは言いました。

荷物の搬入は三月十九日。わたしは荷ほどきを手伝うために、前日の十八日に息子と二人で仙台空港へと向かいました。

帰りは二十三日、わたしは息子を北海道に置いて、一人で小高に帰るのです。

常磐線小高駅から六時四十二分の始発に乗りました。

列車に乗っているのは、わたしたち母子《おやこ》だけで、なんだか現実の出来事ではないみたいでした。

起床してすぐに茹でた卵と塩を銀紙の中から取り出し、息子と向かい合って食べました。バナナとヨーグルトとプロセスチーズとリーフパイも食べ、駅で買ったほうじ茶を飲みました。

乗換駅の名取《なとり》まで二人で眠りました。

名取駅で降りて、向かいのホームに到着する列車に乗り、終点の仙台空港駅で降りて改札を出た瞬間、背中が軽い、ということに気づきました。

「たけ、リュック！」

リュックの中には、独り暮らしを始める息子の生活必需品を購入するための現金十五万円、実印、引っ越しの諸々の契約に必要な書類、クレジットカード、タブレット、パソコンが入っていました。貴重品をトランクやトートバッグに分散させると紛れてしまう可能性があるから、リュックサックに一括して入れたのです。

慌てて、折り返し発車する仙台空港線の車両に戻りましたが、座席にも網棚にもリュックは見当たりませんでした。常磐線の中か――、と仙台駅の忘れ物セン

北海道でホッケを食べる母子

ターに電話をかけましたが、電話受付は十時からだとアナウンスが流れました。

「どうする？　フライトは十時ジャスト」

わたしは息子の顔を見上げました。わたしの身長は一六一センチ、息子は一八六センチです。

「キャンセルするしかないいんじゃない？ キャンセルするんだったら、出発時刻前じゃなきゃダメだから、早くしないと！　いま九時半だよ」

わたしたちはANAのカウンターに走りました。事情を説明して遅い便に振り替えてもらおうとしましたが、今日も明日も満席だということでした。

「たけ、どうする？　明日の午前中、北海道に引っ越しの荷物が到着する」

「どうするって……乗れないでしょ？」

「でも、春休みは進学や転勤や旅行で人が大移動するから、飛行機は四月に近づけば近づくほど満席だよ。あんた、チケット持ってるんだよね？」

「チケットは、ある」

わたしは、息子がお餞別《せんべつ》やお祝い金をもらっていることを思い出しました。

「お財布の中にいくらある？」

「五万」

「じゃあ、乗ろう！　乗ります！」

わたしたちは、スーツケースを引き摺って保安検査場に走りました。

新千歳《しんちとせ》空港で仙台駅の忘れ物センターに電話すると、リュックは名取駅で見つかったということでした。どうやら、常磐線から仙台空港線に乗り換える際、名取駅のベンチにリュックを置き忘れてしまったようなのです。

今日は三月二十日、午前中にリュックが届くはずです。

アクシデントが起きたせいで、息子との惜別《せきべつ》に耐えることができたのかもしれないと、いま、北海道のホテルの窓から三月の終わりの雪景色を眺めています。

真っ白な景色

四月三日、小高の自宅に日販から五千冊の本が搬入されました。本屋としてのスタートを切る重要な日だったのですが、わたしは小高を離れました。翌四月四日は、息子の大学の入学式だったのです。

わたしは、高校を一年の時に退学処分になってから、学校というものには縁がありません。大学には憧れを抱いています。いつか、大学に入って勉強したい。でも、それよりも大きかったのは、十八歳になった息子の人生のイベントに参加できるのは、これが最後かもしれないという思いでした。

トラックは到着し、わたしと副店長の村上くんは日販の方々と協力して、あらかじめジャンル分けをしておいた番号に従って本をとりあえず棚に納める「荒詰め」と呼ばれる作業に取り掛かりました。

正午前に、すうっと店の奥の扉を開け、リビングに置いてあるスーツケースを外に出し、日販の方々に「すみません、わたしはこれから出張で……明後日の夕方に戻ります」と頭を下げました。

小高から常磐線に乗って仙台へ、東北新幹線に乗り換えて東京へ、羽田空港から新千歳空港へ――、息子が暮らすアパートに到着したのは、夜九時前でした。

わたしは、アパートの管理人室の隣にあるゲストルームに泊まり、朝七時に息子の部屋を訪ねました。息子はオレンジ色のネクタイを締めている最中でした。アンパンマンやドラえもんやベイマックスのような風貌なので、紺のスーツは似合わない、と茶色いスーツと革靴を揃えてやったのです。

大学に行く交通手段はバスしかありません。停留所に着くたびにスーツ姿の新入生と母親が二人一組で乗り込み、バスはいっぱいになりました。無線で増便を

氷が張った北海道の湖

要請している運転士の声が聞こえました。一人でバスに乗ってくる新入生は、わたしが見た限りいなかったので、無理して来てよかった、と思いました。

入学式の後、新入生と保護者は分かれ、それぞれの説明会と親睦会に参加しました。大学に通う生徒は九〇パーセント以上が北海道外で、全員初めての独り暮らしを経験します。わたしは、「国内留学だと思ってほしい」という教授の言葉を日記帳に書き留めました。

昼食会場でたまたま隣り合った母親と話をしました。息子は、小さな頃からキノコが好きだった。キノコを求めて山に入るうちに登山にのめり込み、一人で日本百名山に登るようになった。二年前に大雪山《たいせつざん》に登って帰宅すると、「北海道の大学に入りたい」と言うようになった、と——。

「うちの息子も同じです。微小甲虫のハネカクシとシダ類のベニシダが小学校の頃から大好きで、採集のために山に入るようになって、山好きが高じて一人で南アルプスを縦走《じゅうそう》したりするようになりました。で、ある日、この大学のAO入試の資料がテーブルの上に置いてあったんです」と言い、わたしは珍しいキノコの前にしゃがみこむ彼女の息子の後ろ姿を想像しました。

親睦会が終わると、母親たちは新入生たちが各サークルの活動発表を観ている講堂へと移りました。講堂入口には暗幕が下りていて、中を覗くことはできませんでした。

北海道は日が落ちるとぐっと冷え込み、四月だというのに氷点下になります。何か温かいものを飲みたいと自動販売機に近づいた時、缶コーヒーで両手を温めていた母親に声を掛けられました。

「どこからいらっしゃいましたか？」

「福島です」

「あぁ、近い。わたしは新潟。東京とか愛媛とか福岡とか、暖かいところから来てる子も多いでしょ？　この寒さに慣れるの、大変でしょうね」

「そうですね。息子さんの学科は？」

「海洋水産学科です」

「魚ですか？」

「魚です。小学校の頃から魚拓《ぎょたく》を取りはじめて、博物館で魚拓を取るお手伝いをしていたんですよ。将来は博物館の学芸員になるんだって言ってます」

「うちもです。サークルは、どこに入りたいとか言ってますか？」

「うちの子は山が好きで、高校は山岳部だったんですよ。剱岳《つるぎだけ》とか穂高連峰《ほたかれんぽう》とか。雪山も好きで、在学中に北海道の山、制覇するって意気込んでます」

この大学には、同じタイプの男の子が集まるのだなと思いました。小さい時に好きなものを見つけ、それだけを一心に見続けた子、自然に魅了された子――。

翌朝、駅前のバス停には母親たちが並んでいました。

母親たちは、みな黙って窓の外の風景を眺めていました。

携帯電話を見るでもなし、居眠りをするでもなしに――。

大学の最寄駅に近づいた時、前の方の席でカメラのシャッター音が聞こえました。

すると、母親たちは一斉に氷が張った湖を携帯電話のカメラで撮りはじめたのです。

わたしも――。

映ったのは、真っ白な景色でした。

わたしたち母親は、我が子が毎日目にする真っ白な景色を大切に持ち帰りました。

最後の避難所

フルハウスを開店して、一カ月が経《た》ちました。

「どうですか?」とよく訊ねられるのですが、だいたいしばらく「う〜ん」と考えて、「大変ですね」と微笑みます。

うれしい方の悲鳴ではあるのですが、開店前から地元メディアを中心に大きく取り上げていただいたおかげで、福島、宮城を中心に東北各県や関東、関西、九州、北海道と日本全国からお客さまが訪ねてきてくださいます。

食事をする時間がなく、副店長の村上くんと交代で台所に行き、立って食べるという生活を続けて、これでは体が持たない、と四月二十七日に十八時〜十九時半を休憩時間にすることに決めました。

毎週土曜日に自宅裏の倉庫でイベントも開催しています。本屋に改装したのは自宅の表側で、自宅の裏側には車六台分くらいの倉庫があります。その倉庫を、La MaMa

ODAKAと名づけて演劇アトリエとして改装する計画を進めています。

演劇アトリエが完成してからオープニングイベントを開くのではなく、人が集うそのエネルギーの上に演劇アトリエを築きたいと思ったのです。

フルハウスの常連客も生まれました。

毎週木曜日に岩手県大船渡《おおふなと》市から片道四時間車を運転してくる医師がいます。一時間ほど滞在して一冊一冊ていねいに手に取り、津波が人の心にもたらした傷の深さを静かに語り、絵本を大事そうに抱えて帰ります。

毎日部活帰りに立ち寄り、レジ横の椅子に座って副店長とおしゃべりして帰る男子高校生もいます。

彼は、三千円のおこづかいの中から二千百円の本を買い、「今月ヤバいです」とはにかみ、頬を赤らめました。飲み物やおやつを買うお金が不足するだろうから、わたしはお菓子やペットボトルの飲み物をそっと渡すようにしています。

当初、高校生はライトノベルやコミックしか読まないのではないかと日販のみなさんから（わたしの選書が売れ筋とはかけ離れているため）危惧されましたが、蓋を開けてみると、『魔法の夜』ミルハウザー、『イエス伝』若松英輔、『R帝国』中村文則、『エドワード・ゴーリーが愛する12の怪談』などが次々と高校生たちに売れていきました。

地元の女子中学生は、アウシュビッツやユダヤ哲学の棚から本を引き抜いてはページを開いて読み、一緒に来た父親に、「この本ほしい」と手渡したのが、ハンス・ファラダの『ベルリンに一人死す』でした。

「今月は別の本を買ってまだ読んでないでしょ。その本を読み終わったら、お父さんが半分出してあげるから、来月のおこづかいで買いなさい」と父親に言われ、彼女はそうっと本を棚に戻しました。

二人が出ていった後、わたしは本の値段を見てみました。

四千八百六十円――。

ゴールデンウイークに父娘《おやこ》は再び来店しました。そして、『ベルリンに一人死す』を買って帰ったのです。

開店まもないフルハウス

フルハウスの月間（四月）ベストセラー（柳美里とゲストの本を除く）を紹介します。

『貧困旅行記』つげ義春
『「待つ」ということ』鷲田清一
『東北学／もうひとつの東北』赤坂憲雄
『写真』谷川俊太郎
『詩のこころを読む』茨木のり子
『悲しみの秘義』若松英輔
『おばけのバーバパパ』アネット・チゾン
『ざんねんないきもの事典』今泉忠明
『わたしが正義について語るなら』やなせたかし
『死なないでいる理由』鷲田清一
『倉本美津留の超国語辞典』倉本美津留
『長いお別れ』中島京子
『縄文の思想』瀬川拓郎

『幼年の色、人生の色』長田弘

全国的なベストセラーリストとは全く異なっています。

それは、おそらく、ここ、小高が、地震、津波、原発事故によって大きく傷ついた地域だからです。

フルハウスに訪れる人が切実に本を求めていることは、本への眼差しから伝わってきます。

本は、扉を開ければ、そのまま異世界に通じたり、存在という事実そのものに立ち戻らせてくれたり、悲しみを明るく照らしたりしてくれます。

わたしは、現実の中にはどこにも居場所がなかった子ども時代、本にしがみついて生きてきました。

本の中の登場人物と手に手を取り合って生きてきたのです。

この世に誰一人味方がいなくても、本があれば孤独ではない、と——。

現実の中に身の置き場がなく、悲しみや苦しみで窒息《ちっそく》しそうな人にとって、本はこの世に残された最後の避難所なのです。

五十歳

六月二十二日は、わたしの五十歳の誕生日です。

息子が大学進学のために家を出て独り暮らしを始めたり、十三歳になった猫たちが階段をゆっくり上っている姿を見ると、歳月が流れたのだなとしみじみ思います。

でも、わたしの中のわたしは、二十年前、いや、三十年前とさほど変わってはいないのです。

人見知り。電話が苦手で着信音を消している。方向音痴で時間通りに目的地に辿り着くことができない。電車の網棚にのせたものは、まず置き忘れる。枝豆、ソラマメ、トウモロコシが好き。サクランボが好き。ピーナッツバター、カマンベールチーズ、アップルパイが好き。蝶の幼虫が好き。狭いところ、暗いところ、高いところが嫌い。遊園地のお化け屋敷や絶叫マシーンは大嫌い。いくつになっても稚気《ちき》がある人が好き。大事なことを話す時にニヤニヤ笑ったり、語尾を笑いで濁す人が嫌い。

わたしが一番よく知っている人間である息子も、三歳くらいの時に好きになった電車や洋蘭やシダ植物や昆虫は今でも大好きです。大学では森林生態学を専攻しながら、「乗り鉄」として青春18切符を駆使して全国各地のローカル線や廃線になることが決まった鉄道を乗りまくっているし、年に一度東京ドームで行われる「世界らん展」には必ず行って、特別価格で販売される洋蘭を何鉢か買って帰ることを十五年間続けています。食べ物の好き嫌いも変わりません。

わたしは三十一歳で息子を出産しました。

その時の母の年齢は五十四歳で、今のわたしぐらいだったわけですが、息子の前では何の躊躇《ためら》いもなく、お祖母《ばあ》ちゃん、バーバと呼ぶようになりました。

二〇〇〇年一月十七日、初孫が誕生したことを電話で知らせると、母は大船の自宅から広尾の日赤医療セ

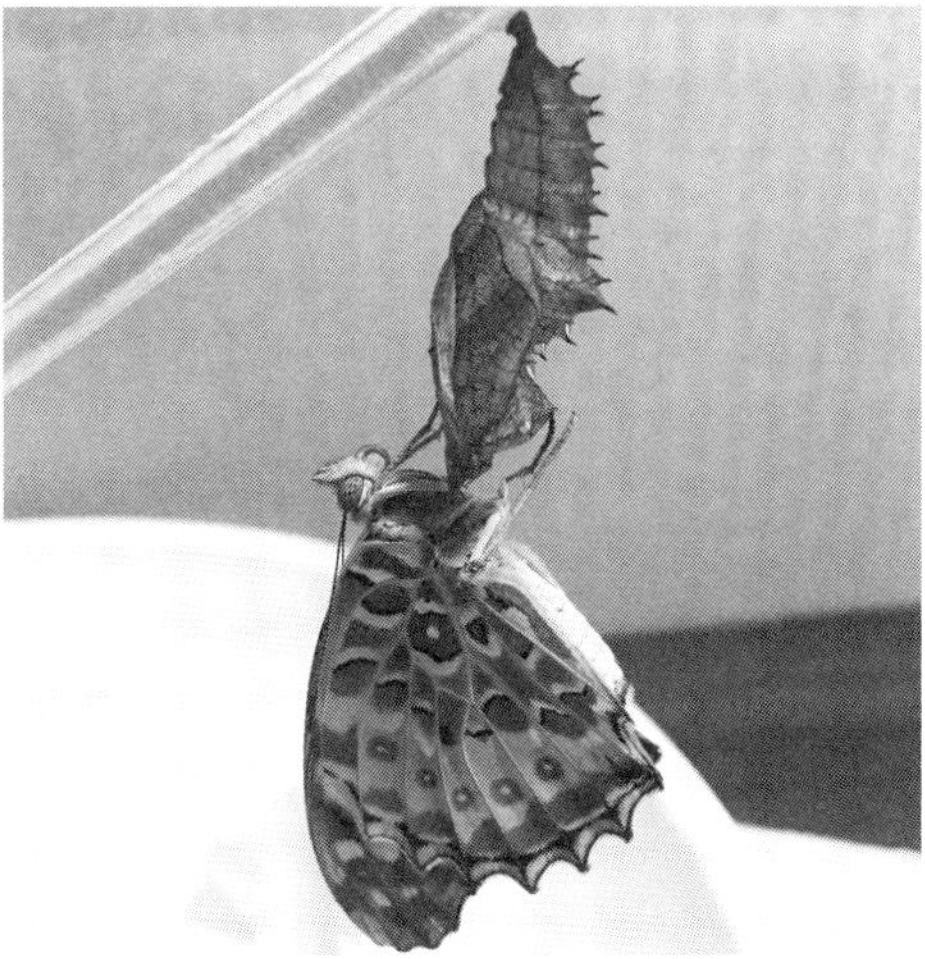

羽化したてのツマグロヒョウモン

ンターにやって来ました。

「抱っこしてみたら」と言うと、「あら、わたしなんかが抱っこしていいんですか？

あら、もったいない」とドギマギしている風でいったん後ずさってから、前に出てそうっと初孫を抱き上げ、「記念に一枚」とカメラを向けると、晴れやかな笑みを拵えました。


今年七十三歳になる母もまた、ものごころついた頃から変わらない自分と共に生きているのだろうと思うと、切ない気持ちになります。

そして、残忍な殺人事件が起きるたびに、その犯人もまた母親が命をかけて産んだ赤ちゃんだったんだ、この世に生まれてから数十年の間に彼あるいは彼女の身に何が起きたんだろう、と犯人の人生に思いを致すのです。


五月五日、友人の小説家、角田光代さんがフルハウスに来て、『源氏物語』（角田訳）を朗読してくれました。朗読の後には、フルハウス店主であるわたしとゲストのクロストークがあるのですが、事前に「ゆうはん、難しい話はやめようね」と釘を刺されたので、作品の話は避けることにしました。（彼女はわたしのことを「ゆうはん」と呼び、

わたしは彼女のことを「みつよどん」と呼んでいます）
　二十代の頃の思い出話になりました。
　わたしと角田さんが初めて会ったのは、同時受賞となった野間文芸新人賞（わたしは『フルハウス』で、角田さんは『まどろむ夜のＵＦＯ』で受賞）の選考会後の記者会見の控え室でした。
「帝国ホテルだったかな？　控え室に案内されたら、ゆうはんが一人で座ってたの。『はじめまして、角田光代です』って挨拶したものの、いきなり二人きりになって緊張してたら、『飲み物、何をお持ちしましょうか？』ってホテルの人がやって来て、わたしはオレンジジュースを頼んだの。ゆうはんは、湯呑茶碗でお白湯《さゆ》を飲んでたのね。『お白湯、好きなんですか？』って訊いたら、『これお酒。バレるから湯呑で飲んでる

友人の角田光代さんと

の』って言ったのね。え？ って驚いてると、『人前で話すのが苦手というか、怖いから、記者会見までに急いで酔っ払わないと』ってお茶みたいにガブガブ日本酒飲んでたのね」

客席の参加者は受けていましたが、わたしは全く憶えていませんでした。

今は、控え室でお酒を飲まないどころか、飲み会の席でも乾杯のビールの後は、ソルティ・ドッグやバーボンソーダや梅酒のソーダ割り一杯をお開きになるまでの間に空《から》にできるかできないかです。お酒に関しては、苦手なことを隠すために無理して飲まなくなったことで、飲み方が変わりました。

二十代の頃から変わっていないのは、傍《はた》から見たら「無茶」とか「無謀」と言われることでも、わたしがやらなければならないことなのであれば、限界や不可能という言葉をいったん封印し、自分の気持ちだけを燃料にして実現に向けて突き進むところです。

そして変わらないことで一番重要なのは、角田さんもわたしも三十年間休まず書き続け、これからも書き続けるということです。

「青春五月党」復活

四月に、自宅内に本屋「フルハウス」をオープンしました。

帰還住民二千八百人の旧「警戒区域」で、アルバイトを雇用できるほどの収益を上げるのは至難の業です。開店して一カ月は本屋と生活の両立が難しく、食べる時間、眠る時間をかなり切り詰めなければなりませんでした。このままだと倒れる、と話し合い、副店長の村上くんは店頭での接客・レジ打ち・発注・棚出し、わたしは選書・陳列・団体客への対応、毎週土曜日に行っている作家や評論家による朗読イベントの企画・運営、と仕事の割り振りをしました。

村上くんは開店から閉店まで店に出ています。以前は村上くんに任せていた家事全般と四匹の猫の世話などはわたしが引き受けざるを得ないので、なかなかエッセイや小説を執筆する時間を捻出《ねんしゅつ》できないという悩みを抱えつつも、生活のリズムは摑めてきました。

しかし、我が家はこの夏、再び激動するのです。

四半世紀もの間、休眠させていた演劇ユニット「青春五月党」を復活させます。

復活公演は、二十歳の時に書いた戯曲「静物画」と、新作戯曲「町の形見」の二本立てです。「静物画」が、九月十四日〜十七日の六ステージ、「町の形見」が十月十五日〜二十一日の九ステージです。

演出は、わたしが担当します。

「静物画」は、双葉郡広野町にある福島県立ふたば未来学園の演劇部の生徒十二人と顧問の先生二人を、「町の形見」は地元の七十代の男女八人と東京の小劇場で活躍する俳優六人を起用します。

常磐線は、今も原発の立地自治体を通る三駅（双葉、大野、夜ノ森《よもり》）が不通です。原発から南に二十五キロ地点にある広野駅から、原発から北に十六キロ地点にある小高駅に来るためには、常磐線で富岡駅まで行って代行バスに乗り換え、「帰還困難区域」を通過して浪江《なみえ》駅で再び常磐線に乗らなければなりません。帰りの時間を考えると、高校生たちが小高に通うことはできません。

夏休み期間中、わたしが広野町に通い、学校の教室で稽古をすることになりました。

「静物画」の舞台は高校の教室で、登場人物は高校生です。はっきりした起承転結はなく、文芸部の活動とおしゃべりで構成されているので、その部分を生徒たちと共に創っていこうと考えています。

「静物画」と「町の形見」は対になる作品です。nature morte（死せる自然）、still life（静止した生命）という静物画が持つ意味と、地震と津波と原発事故がもたらした喪失がテーマです。

四半世紀も演劇から離れていたので、スタッフ集めに苦慮しています。

音響、照明、舞台美術、大道具、舞台監督、制作、スタッフの大半がまだ決まっていません。

普通は、制作資金やスタッフを集めてから公演日程を決めるものでしょう？と目を丸くされそうですが、それでは、自分が挫《くじ》けてしまいそうなのです。

富岡町の夜ノ森駅

ここは、旧「警戒区域」です。現実をつぶさに見ていったら不利なことばかりです。実現は難しいと少しでも思ったら、諦めに支配されます。

しかし、この地域で暮らす人はいるし、この地域の学校に通う子どもたちもいる。

「静物画」に出演するふたば未来学園高校三年生の関《せき》根《ね》颯《さつ》姫《き》さんは、こう語っています。

「わたしは富岡町出身です。家は津波で流され、原発事故で警戒区域に指定されて、帰ることができなくなりました。今は家族といわきで暮らしてます。もう、富岡町に帰ることは諦めた方がいい、忘れるしかないと親には言われるけど、わたしは、諦めることも忘れることもできません」

彼女は十七歳、わたしは五十歳です。

東京電力福島第一原子力発電所の廃炉は四十年以上

La MaMa ODAKA に変身した自宅倉庫

かかると報じられています。

おそらく、わたしは廃炉を見届けることはできないけれど、彼女は見届けられるはずです。

人間には将来の展望が必要です。

わたしは、この地域で育つ子どもたちの前に、よそではなく、ここで、将来の展望を拓《ひら》いて見せたい。

稽古開始

青春五月党は、わたしが主宰していた演劇ユニットです。

と、過去形で書いたのは、一九九五年六月二十三日～七月二日に草月ホールで上演した『Green Bench』を最後に、青春五月党の公演は行われていないからです。

青春五月党は、いわゆる劇団ではありませんでした。

劇団員という固定メンバーを置いてしまうと、劇団員に当て書きをしなければならず、劇団内の上下関係も加味せざるを得なくなります。

わたしが十代の時に俳優として在籍していた東京キッドブラザースの座付き作家である（主宰・演出も兼ねていた）東由多加が、毎公演二十人以上いる劇団員一人一人に見せ場を作ろうと苦心していたのを、わたしは間近で見ていました。物語としての運びはいったん脇に置いて、俳優にとって満足感のある長台詞を数珠繋ぎにして一本の芝居を構成する。そのやり方で八十本のオリジナルミュージカルを創作した東由多加は、本当に凄いと思います。

十八歳の時に青春五月党を旗揚げしたわたしは、その道を選びませんでした。

青春五月党に所属していたのは、わたし一人だけでした。

まず戯曲を書き、登場人物のイメージに合う俳優に出演依頼をしたり、オーディションをしたり、街へ出てスカウトをしたりして配役を決める、という方法で六本の芝居を創りました。

しかし、一本の芝居のためにカンパニーを立ち上げ、幕が下りたらカンパニーを解散し、戯曲を書いたらまた一から始めるということに疲れ果て、『向日葵の柩《ひつぎ》』は新宿梁山泊の金盾進《キムスジン》さん、『魚の祭』（岸田國士戯曲賞受賞作）はMODEの松本修さん、『Green Bench』は民藝の渡辺浩子さんに演出をお願いし、わ

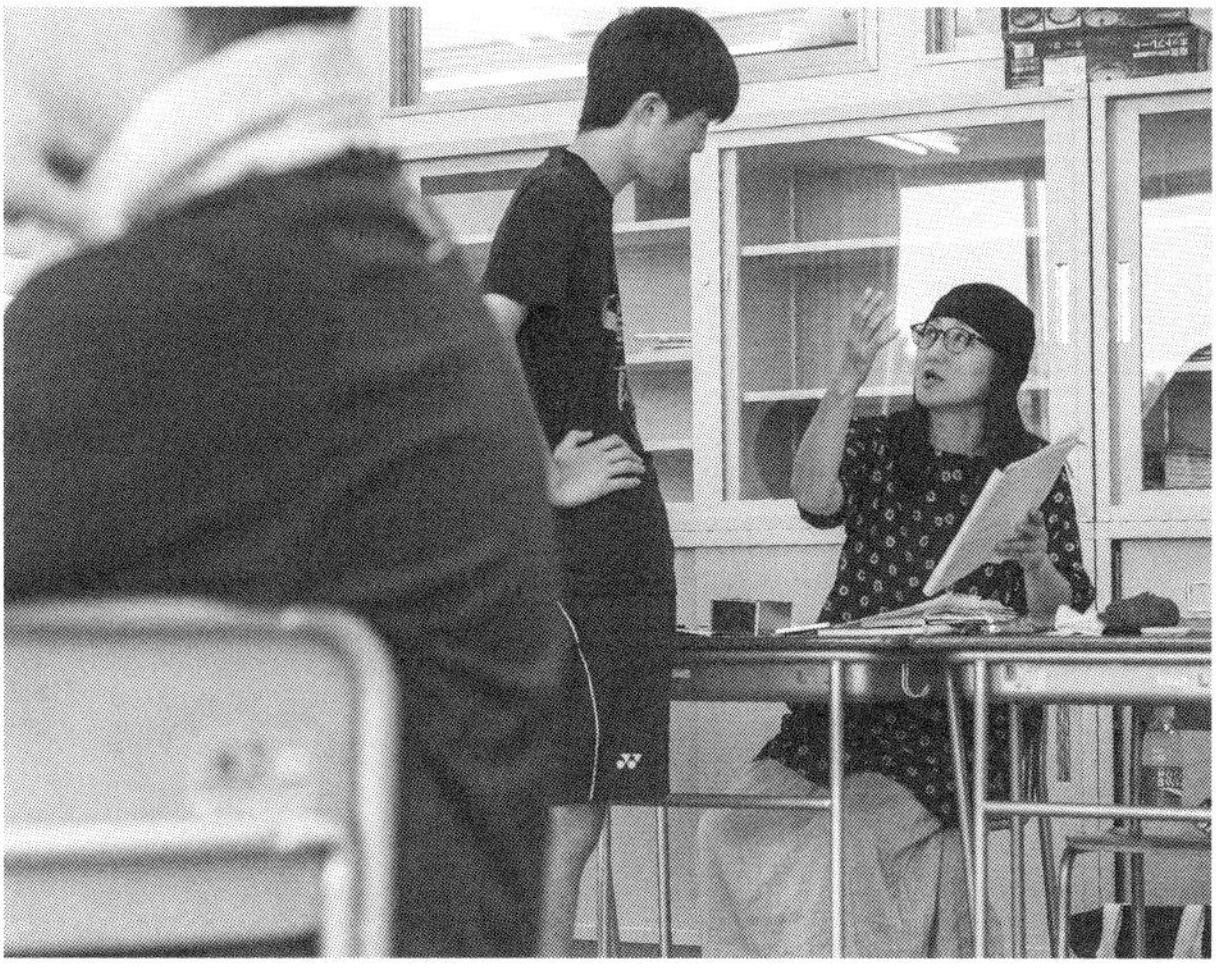

「静物画」の稽古（ふたば未来学園演劇部の部室）

たしは書くことに専念するようになりました。

その頃から小説やエッセイの依頼が増え、次から次へと書き続けているうちに、二十五年の歳月が過ぎてしまいました。

演劇をやめたわけではないと思っていたので、プロフィールなどで肩書を求められると「劇作家・小説家」と併記していました。

二〇一一年四月から南相馬に通いはじめ、臨時災害放送局の活動を通して住民のみなさんとの関わりを広く深くしていく中で、この地で青春五月党を復活させたい、という思いが強くなっていきました。思いがあっても、なかなか実現できないことも多いのですが、不思議な縁が繋がり、その縁に引っ張られる形で、青春五月党は復活することになりました。

四月九日に本屋「フルハウス」を開店し、計十七回のオープニングイベントを開きました。一回目の四月二十一日は詩人の和合亮一さんの朗読会でした。和合さんの中学時代の同級生である森崎英五朗さんが参加してくださり、次男の陽《よう》くんがふたば未来学園の演劇部に所属しているということを知ったのです。

二〇一一年に起きた原発事故によって、「警戒区域」に指定された双葉郡内の五つの高校は休校を余儀なくされました。双葉郡八町村の強い要請によって、二〇一五年四月八日にふたば未来学園高等学校が開校したのです。

森崎さんは五月三日に陽くんと一緒にフルハウスを再訪し、本を購入してくださいました。

「部活動を見に来てください」と陽くんが言うので、「うん、行くよ」と約束し、「突然行ったらみんなびっくりするから、顧問の先生のメールアドレスを教えて」と、その場で教えてもらったのです。

五月二十日にふたば未来学園演劇部のエチュードを見学し、彼らとならば青春五月党を再結成できると直感しました。

この夏、わたしは、自宅のある南相馬市小高区から、ふたば未来学園のある双葉郡広野町に通っています。

「静物画」の出演者は十六歳から十八歳の高校生で

す。まずは出演者とスタッフ十三人の名前と顔を憶え、性格を知り、これまで生きてきた人生の重要な場面のいくつかを共有する――。

彼らの学生生活は課外授業や合宿やテストなどで忙しく、十月の全国高等学校演劇大会に向けての芝居作りもしなければならないので、「静物画」については、彼らはようやく役作りの入口に立ったばかりです。前回の稽古で初めて参加した生徒も何人かいます。本番まで四週間、彼らと短期間で一本の芝居を創り上げるスリルを、わたしは楽しんでいます。

俳優にとって登場人物は他者です。

実在しない架空の人物ですから、本来であれば、触れることはおろか近づくことすらできません。その存在に自己を投影して同化し、舞台上に出現させる。演技とは、他者が私に出現する、他者が私に訪れる行為だとも言えます。それは、異なる他者をどのように理解し、自他の垣根を越えてコミュニケートするのか、という学びと気づきの時間になり得る。

原発事故によって幾重《いくえ》にも分断され、無数の対立が生まれたこの地に、わたしは演劇によって他者との真の触れ合いの場を創出したい。

再演を誓う

「青春五月党」復活公演 vol.1「静物画」が九月十四日に幕を開け、十七日に幕を下ろしました。

芝居を上演したのは、わたしの自宅敷地内にある（原発事故前は水道屋の作業場だった）古い倉庫でした。

南相馬市小高区の帰還者数は二千九百十六人、東京方面からの常磐線は原発事故で寸断されたままです。観客動員の観点からすると、これ以上ないくらい不利な条件が重なっています。

復活公演前に制作者を決めておきたかったのですが、決まらなかった――。

「静物画」のチラシの「制作」に名前を連ねているのは、わたしの担当編集者だったり、ドキュメンタリー映画の監督だったり、土日だけ手伝える福島県の臨時職員だったりするので、わたしが制作業務を統括《とうかつ》しました。演出家として稽古もやらなければならないので、全てが後手後手になり、宣伝はほとんどできませんでした。

「静物画」に出演する生徒たちは、夏休みを返上して稽古に臨《のぞ》み、九月に二学期が始まると稽古がない日も声を掛け合って早朝に集まり、自主練を積み重ねました。

なんとしても満席にしなければならない——、わたしはツイッターでフォロワーのみなさんに訴えました。

「芝居は、映画と違って、同じ内容を繰り返すことができません。小説と違って、好きな場所で、好きな時間に読むことができません。青春五月党復活公演を観るためには、九月十四日〜十七日に、福島県南相馬市小高区の柳美里の自宅に来ていただくしかないのです。来てください」

「俳優の演技が、客の入り具合によって変化するのを、俳優としてよく知っている。空席があると、劇場の空気が薄くなり、その薄さが芝居をしている舞台上に、そして俳優の心に流れ込んでしまう」

「満席にしたい。満席以外ない。青春五月党の十作品、わたしは空席を作ったことがない。空席は、俳優の演技に虚しさの水をさすからダメなんです」

「『あらゆるかたちの演劇が共有している点はただ一つ、観客を必要とすることだけである。演劇においては観客が創造活動の仕上げをするからだ』（ピーター・ブルック『なにもない空間』）どうか、『静物画』の観客になってください。わたしは、あなたを、待っています」

わたしのただならぬツイートを読んだフォロワーのみなさん（柳美里作品の長年の読者）が、東北各県、関東、関西、一番遠い方は佐賀県から来てくださり、「静物画」のチケットは完売しました。

当初の座席数は七十四でしたが、どうしても観たいという生徒の保護者や関係者のために連日、補助席を十〜十五出し、四日間六ステージで五百人以上の方に観ていただきました。

生徒たちは千秋楽の後にセットに座り込んで、「もっと静物画をやりたい！」「これで終わりじゃないですよね？」「静物画の東京公演をやりたい！」「柳さん、

「静物画」のみんなと（La MaMa ODAKAにて）

静物画再演の知らせを学校で待ってます！」と口々に訴えてきました。
彼らのために、わたしは「静物画」再演に向けて全力を尽くします。

無謀な状況には無謀さを持って立ち向かう

十二月です。去年の今頃は何をしていただろうと振り返ろうとしても、振り返り切れないほど、この一年の間にいろいろなことを起こしました。

二〇一七年の十二月は、La MaMa ODAKAで開催するクリスマスイベント「ｃａｓｃａｄｅ破水」の準備に追われていました。ＮＨＫアナウンサーの吾妻謙《あづまけん》さんと、フリーアナウンサーの渡辺真理さんによる『ねこのおうち』の朗読、ピアノユニット「ｐｉａＮＡ《ピアーナ》」の連弾と舞踏家の伊藤キムさんの即興舞踏の二部構成でした。

二〇一八年四月九日に本屋「フルハウス」をオープンしました。

四月十四日〜八月十一日まで、計十七回の土曜イベントを行いました。

青春五月党を四半世紀ぶりに復活させました。

九月半ばに「静物画」を上演し、十月半ばに「町の形見」を上演しました。

我ながら、よく実現できたなと驚いていますが、無理が祟《たた》って体の様々なところに不調が出ています。でも、まだまだ、やることはたくさんあるのです。

現在休業中のフルハウスは、車二台分の駐車場をカフェスペースにするための増築工事に入ります。二〇一九年三月半ばに「静物画」東京公演を企画しています。三年生の出演者が高校を卒業してしまう前に、なんとしても上演したいのです。

いま、わたしが何をしているかと言うと、主に金策です。

カフェスペース建設（とカフェ設備）に千六百万円、「静物画」東京公演に六百万円――。

友人や知人たちは、「柳さん、あまりにも無謀過ぎる。しかも、どれも採算が全く取れない事業ばかりじゃないですか。柳さんが大借金を負って二進《にっち》も三進《さっち》も行かなくなったら元も子もないんだから、全部やめ

「静物画」女子版

るわけにはいかないんですか?」と助言してくれるのですが、全部やめるわけにはいかない——。

そもそも、帰還率二割の旧「警戒区域」に移住して、本屋を開くということ自体、あらゆる人から「無謀過ぎる」と止められました。

しかし、地震、津波、原発事故によって大きく毀損《きそん》されたこの地域は、帰還した三千人弱の住民(半数が六十五歳以上)のみでは立ち行きません。他地域の人と結合し呼応し共歓する場所と時間が必要なのです。

無謀な状況には無謀さを持って立ち向かうしかない。

無謀の中に必然が潜勢《せんせい》するならば、道は拓けるはずです。

二〇一九年の目標

年末押し詰まっています。

わたしは風邪をひき、寝込んでいます。病院で処方してもらった薬を飲んではいるものの、なかなか症状が改善せず、今もベッドの上で咳き込んでいます。咳き込んでいると思考が千切れがちなのですが、時々アメリカに行った時のことを思い出します。

成田空港で国際線の搭乗手続きを行ったのは、十月二十四日、「町の形見」千秋楽の三日後のことでした。我ながら無茶なスケジュールだなと思いましたが、青春五月党の復活公演が決まるより前に、シカゴ大学とウェズリアン大学で講演と講義を行うことが決まっていたのです。

成田空港で円をドルに換え、ドコモショップで海外パケットプランを変更し、イモトのWi-Fiをレンタルしている四十分の間に二度もパスポートとチケットの提示を求められました。芝居の稽古と本番で精根《せいこん》尽き果てた顔や佇《たたず》まいが、ただならぬ感じに見えたのかもしれません。

シカゴ・オヘア空港に到着しました。世界一厳しいと言われているアメリカの入国審査を通過しなければならないので、行列に並んでいる間ずっと旅行英会話本の想定問答を唱えていました。

やはり、一人一人の審査に時間をかけていて、三十分経過しても、ほとんど前に進みませんでした。

わたしの番になりました。

入国の目的や滞在先や滞在期間を訊ねられ、あらかじめ大学側からもらっていた書類を見ながら、単語のみで簡潔に答えていたのですが、ある質問で躓《つまず》きました。

「Are you traveling alone?」を聞き取れず、首を傾《かし》げたら、「One?」と訊かれ、「One」と答えました。

次の質問です。

「Why?」

何故一人なのか?と訊ねられたのです。

「Why?」と訊き返して、審査官の顔を窺《うかが》うしかありませんでした。

英語力があれば、一人旅が好きだからとか、一人でシカゴに来ちゃいけませんか?とか適当に応戦していたのでしょうが、中学二年から不登校で、高校一年で退学処分になったわたしは、基礎英語を学んでいません。

「Why……う〜ん……」とカウンターで唸《うな》っていると、審査官は黙って入国スタンプを押してくれました。

二つの大学に招かれて仕事に来たので、基本的にはホテルを出たら、大学に行くか、大学教授たちとの会食場所に行くかのどちらかでしたが、空港からホテルに到着した日の夜はスケジュールが入っていませんでした。ショーウインドーから店内を覗いてテイクアウトできそうな店に入り、英語の長い料理はよくわからないから、黒板にチョークで書かれていた「Today's soup」とパンをテイクアウトし、ホテルの部屋で夕食を済ませました。

時差ボケでほとんど眠れないまま朝六時二十分に起床し、ホテル一階の朝食ビュッフェ会場に行ってみました。

細長いカウンターテーブルで食後のコーヒーを飲んでいたら、隣の席の東南アジア系の女性に「Where is that coffee?」と訊かれ、思わず「ああ、あっち!」と指差し、赤面しました。

けれど、真向かいでスクランブルエッグとウインナーを食べていたどっしりした感じの黒人の老女が、席を立つ際に「Have a good day!」と笑いかけてくれて、「Have a good day!」と笑い返したら、すっかりうれしくなって、そのまま思い切って散歩に出掛けることにしました。

ホテルを出て右に真っ直ぐ歩けば、ミシガン湖が見え、湖畔には遊歩道がある。

オバマ元大統領の家も近くにあるらしい。

と、歩き出したのですが、スーパーマーケットを見つけて、お菓子や石鹸《せっけん》を買って店を出た途端に左右どちらから来たのかわからなくなり、闇雲《やみくも》に歩いていたら完全に迷ってしまいました。三人の通行人にホテル名を言って道を教えてもらい、なんとかホテルに帰り

シカゴ大学での講演

着くことができました。

そのことを、シカゴ大の教授たちに話したら、「治安の悪いエリアは、昼間でも車でも行かない方がいいです。シカゴの危ない場所はニューヨークの危ない場所より危ないですから、気をつけてください」と注意されました。

二〇一七年にシカゴ市内で殺人事件で死亡した人は六百五十人。二〇一八年は十月までで四百六十五人、大半が銃殺だそうです。

風邪が治ったら、英語の勉強を再開します。

鎌倉で暮らしている時に、息子の中学校の教科書で勉強をし、英検三級の試験を受けて合格したのですが、南相馬に転居してからあまりにも忙しく、勉強することができなかったのです。

二〇一九年二月には、ロンドンで講演・朗読会があります。『JR上野駅公園口』の英訳本『TOKYO UENO STATION』が出版されるのです。読者からの英語での質問に英語で答えられるまでの英語力を身につけることが、二〇一九年の目標です。

二〇一九年

ニューヨークでの最期の暮らし

ニューヨークに滞在したのは、昨年のハロウィーンの翌日から中間選挙の前日まででした。

旅の目的は、仕事でも観光でもありません。

行かなければならない、と長年思い続けた二つの場所を訪ねるためでした。

一つは、東由多加が一九九九年に抗癌剤治療を受けたメモリアル・スローン・ケタリング癌センター、もう一つは、東京キッドブラザースと関係の深い小劇場 La MaMa です。

わたしは十六歳の時に東京キッドブラザースに入団しました。二本の芝居に出演して俳優には向いていないと思い、退団しましたが、東由多加の「あなたには書く才能がある」という言葉を信じて、十八歳の時に「水の中の友へ」という戯曲を書いて、劇作家として世に出ました。

東が二〇〇〇年四月二十日にこの世を去るまでの十五年間、わたしたちは共に暮らしました。

十九年前の冬、末期の食道癌だった東は主治医から、もうモルヒネによる緩和ケアしかないと宣告されました。アメリカの治験段階の抗癌剤治療を受けたい、という東の強い希望を叶えるために、わたしはいくつかの出版社に単行本印税の前借りをしました。治療に付き添いたかったのですが、わたしは妊娠中で出産予定日が近かったために飛行機に乗ることができませんでした。

当時、二人で暮らしていた渋谷のマンションに一人残ったわたしは、時差を計算して、だいたいいつも深夜零時前後に東に電話して、抗癌剤の副作用やミレニアムのカウントダウンで沸き立つニューヨークの様子を訊ねていました。

メモリアル・スローン・ケタリング癌センターのセキュリティーは厳しく、予約がある患者か入院患者の見舞客以外は入れないと言われましたが、死んだ伴侶がこの病院で治療を受けていたと説明すると、院内見学の許可を得ることができました。

その夜、わたしは二十四時間運行しているニューヨークの地下鉄に乗り、片言の英語で二十回以上道を訊ね、La MaMa に辿り着き、人形劇を観ました。

東はニューヨークでの抗癌剤治療中、La MaMaのプロデューサーであるエレン・スチュワートの自宅に滞在していたのです。

東京キッドブラザースは、旗揚げ三年目の一九七〇年六月から七月にかけてLa MaMaで「GOLDEN BAD」を上演しました。『ニューヨーク・タイムズ』で大絶賛されて、連日テネシー・ウィリアムズやサム・シェパードやロバート・デ・ニーロなどの著名人が観に来たそうです。評判が評判を呼び、オフブロードウェイのSheridan Square Playhouseに進出して、同年八月から十二月までロングランし、エド・サリバン・ショーに出演するという奇跡のような大成功を収めるのです。

ブロードウェイで芝居をやるというのは、当時二十四歳だった東由多加の思い付きです。なんのツテもなく、英語もろくすっぽ話せないのに、とりあえずニューヨークに行こう、と劇団員全員でアルバイトをして片道の航空券のみ購入し、オフブロードウェイをぞろぞろ歩いてLa MaMaに飛び込んだのです。所持金がなかったため劇場ロビーに雑魚寝《ざこね》して芝居を創ったわけですが、海の物とも山の物ともつかぬ無名の日本人の若者たちに大きなチャンスを与えたエレン・スチュワートという黒人女性への感謝を、東は生涯語り続けていました。東はエレンのことをママと呼び、エレンは東のことをson

（息子）と呼んでいました。エレンは、東の死の九カ月後の二〇〇一年一月十三日に亡くなりました。

結局、ニューヨークでの抗癌剤治療は副作用で頭髪が抜けただけで全く効きませんでした。

わたしは二〇〇〇年一月十七日に息子を出産しました。

二月の終わり頃、東は癌の増悪《ぞうあく》で声が出なくなり、スケッチブックに色鉛筆で筆談をするようになりました。

「東と柳さんと赤ちゃんは、ニューヨークで何カ月か暮らせるよね？」と、ニューヨークのアパートの間取りを書いた東は、脇の下のリンパ節に転移した癌の痛みで顔を歪め、色鉛筆を落としました。

ニューヨークで末期癌の東を介護しながら、赤ん坊を育てる生活をイメージすることは難しかったけれ

イーストビレッジ4丁目にあるLa MaMa

ど、東がどうしても行きたいと言うならば、わたしは行くつもりでいました。

しかし、病状が急激に悪化し、それから二カ月後に昭和大学附属豊洲《とよす》病院で東は息を引き取りました。

東はニューヨークのどの辺りに暮らしたかったんだろうと想像しながら、わたしはハロウィーンの飾りが残る街を歩きました。

東にはニューヨークでの最期の暮らしのイメージがあったのだろう、死と葬儀のイメージも――。

アメリカでの二週間はずっと晴天だったのですが、La MaMa での観劇を終えて劇場から出た時と、ＪＦＫ空港に向かう時だけ雨が降りました。

雨男で、雨が大好きだった東由多加が頷《うなず》き、微笑んでいるような気がしました。

わたしが、自宅の倉庫を La MaMa ODAKA と名付け、青春五月党を復活させたことを――。

山折哲雄さんとの対談

二月十五日と十六日の二日間、京都で宗教学者の山折哲雄さん（八十七歳）と対談しました。山折さんは二〇一六年末に脳梗塞《のうこうそく》で倒れられ、全身麻酔の手術を受けられているので、二日に分けた方がご負担が少ないのではないかということになったのです。

二日目の終盤で、学校でいじめや自殺の問題が起きるたびに、子どもたちの「心の闇」を照らす「心の教育」の必要性が叫ばれるが、いま必要なのは「道徳教育」ではなく「宗教教育」なのではないか、と山折さんはおっしゃいました。

戦前の国家神道による教育がトラウマとなり、戦後は宗教教育の必要性を公的な場所で説くことがタブー視された。オウム真理教による地下鉄サリン事件が起きてからは、宗教は悪者、胡散臭《うさんくさ》い、というレッテルが貼り付けられてしまった、と——。

その話の流れで、山折さんはわたしに質問されました。

「芝居の演出家は、宗教家と通ずる部分があるのではありませんか？」

わたしは、昨年の夏から四半世紀ぶりに演出をしているのです。「静物画」の出演者たちは、演劇部に在籍する十五歳から十八歳までの子どもたちです。

わたしは、彼らの顔を思い浮かべながら答えました。

「演出家の仕事は、駄目出しという言葉に表されているように、一般的には駄目なところを指摘することだと思われているし、実際に俳優を罵倒したり演出台を叩《たた》いたりすることによって緊張を生み出し、どんな小さな失敗も見逃さないぞ、という息苦しい緊張の中で稽古を進める演出家もいます。わたしは、いわゆる駄目出しはしません。褒《ほ》めるところを探します。駄目だと叱るよりも、褒める方がはるかに難しい。でも、的確に褒めることができれば、わたしはあなたのことをちゃんと見ている、あなたを認めているよ、と伝えることができます。承認、肯定された瞬間、子どもたちの顔はぱっと輝きます。ありがとうございます！と言う子もいます。息遣いや顔つきが一変して、緊張から解き放たれた身体《からだ》が自由に動き出し、嘘臭さがなくなります。子どもたちが自分の殻を破って俳優として誕生する瞬間に立ち会うことができるのは、演出家として素晴らしい体験です」

もう一つ、わたしの演出の特徴として挙げられるとしたら、俳優に問い掛けることです、と言いました。たとえば、あるシーンで、二人の生徒が「殺してやる！」「殺せるもんなら殺してみなさいよ！」と感情を打《ぶ》つけ合う。

次の台詞は、別の生徒による「空が青いね」という呟きです。

何故、「空が青いね」と言うと思う？

どれくらいの沈黙の後に、どんな風に声を出せばいいのかな？

人が空を見上げる時は、どんな時だろう？

空の青さが迫ってきたこと、ありますか？

一つ一つていねいに、わたしは彼らと考えていきます。

稽古は本番のためだけにあるのではありません。演

「静物画」東京公演に向けての稽古

出家によって与えられた「役」という他者に全身で向き合うことによって、俳優は新しい自分を産み出そうとします。その誕生を喜び寿《ことほ》ぐのが、演出家の仕事です。そこが、宗教家と共通するところかもしれません。

わたしは山折哲雄さんとの二日間にわたる対談を終え、京都駅から新幹線に乗りました。

今日は、「静物画」のチケット発売日でした。チケットぴあの売れ行きが気になって（女子チームの回は即日完売。男子チームの回も残席僅かです）、ツイッターを見ていたら、今日の『福島民報』に掲載された「静物画」の記事が流れてきました。

三月一日で高校を卒業するさつき役の関根颯姫《せきねさつき》さんとなお役の鶴飼美桜《つるがいみお》さんの笑顔の写真が大きく使われていました。

見出しは、「柳さんへ感謝の舞台に」でした。

颯姫さんは、一人で小高のわたしの家を訪ねたことを記者に話し、「誰にも言えない苦しさにぶつかった時、一緒に答えを探してくれる。自分のことをちゃんと知ろうとしてくれる」と、わたしのことを評してくれていました。

颯姫さんと美桜さんの生まれ故郷は、福島県双葉郡富岡町です。

海の近くにあった颯姫さんの家は津波で流され、夜ノ森地区にあった美桜さんの家は原発事故で避難指示が解除されない中で朽《く》ち果て取り壊されてしまいました。

二人には口に出せない苦しみがある。

現実の中では口に出せないことも、芝居の役としてだったら打ち明けることができる。

俳優を目指して演劇の世界に飛び込んだわたしは十六歳でした。

両親は離婚し、小学校ではいじめに遭《あ》い、中学校は不登校で、高校は退学処分になり、絶望と人間不信しかありませんでした。

当時のわたしが手帳に書いていたテネシー・ウィリ

富岡町の夜ノ森地区の「帰還困難区域」

アムズの言葉を紹介します。

「わたしはこの暗い劇場で話をしよう。客席に座るあなたがたった一人の友であるかのように」

「りょう」として語る自らの体験

福島県立ふたば未来学園高校に半杭奏人《はんぐいかなと》くんという男子生徒（二年生）がいます。

奏人くんは、東京電力福島第一原子力発電所の立地自治体である大熊町の出身で、ご家族は会津若松市の仮設住宅で避難生活をしているために、広野町にある学生寮に入っています。

奏人くんは、「静物画」でりょうという役を演じます。

「静物画」の初演は、我が家のLa MaMa ODAKAで行いました。

二〇一九年三月十五日から十七日までの三日間、東京の北千住にあるBUoY《ブイ》で「静物画」を再演することが決まった時、わたしは初演時にはなかったりょうの台詞を加筆することにしました。

「静物画」の中で生徒たちは震災時の自らの体験を語ります。

昨年の夏休み、生徒たちから当時の体験を聞き取り、台詞を書いたのですが、奏人くんだけアメリカに短期留学していたのです。帰国は本番直前でした。話を聞き取り、台詞化して稽古をする時間は残されていなかったので、奏人くんの台詞の加筆は断念せざるを得ませんでした。

千秋楽前の休憩時間、奏人くんは誰もいない客席に座っていました。

「おれも、大熊のことを語りたいです」

わたしは、東京での再演が実現したら、必ず台詞を書く、と奏人くんに約束しました。

「静物画」が収録されている戯曲集『町の形見』には、奏人くんの台詞は含まれていません。

彼の体験を知ってほしいので、ここに全文を掲載します。

「おれは、大熊町の大野小学校の三年生で、集団下校をしている最中でした。地震の時や、地震直後の風景よりも、地震でぐちゃぐちゃになった家の中の様子をはっきり憶えてるんですよ。うち、お母さんが観葉植物を育てるのが好きで、ガラスのコップにアボカドの種を入れたり、おれの背の高さぐらいある大きな葉っぱの観葉植物もありましたね。そういうのが全部床にひっくり返ってて、ガラスは割れてるわ、土はバラまかれてるわで、うわぁー危ねぇ！って爪先歩きで……家の中こうやって、こんな風に歩いて……お母さんは『バスに乗って避難するみたいだけど、何日かしたら帰ってこれるから、みんなで片づけようね』みたいなこと言ってたから、ランドセルを放り投げて、DSとか好きな本だけ手当たり次第にバッグに詰め込んで、いったん家族みんなで大熊町役場の体育館に行ってみたんです。でも、体育館がいっぱいで寝る場所がなかったから、車ン中で、すごいちっちゃい車だったんですけど、お母さんとお姉ちゃんと妹とおれの四人で寝て……あの日はとっても寒かったんですよ。寒いな……寒くて寝れないかもしれない、と思ったんですけど、いつのまにか寝てたみたいで、起きたらお母さんがいなかった。

お母さん、しばらくしたら戻ってきて、アップル

半杭奏人くん（左）

クーヘンをうちから持ってきてくれたんですよ。アップルクーヘンって、知ってる人、いますか？　丸くて、ギザギザのナイフが付いていて、それで切ると、りんごが一個丸ごと入ってるんですよ。外側はバームクーヘンで、中はアップルパイのりんご。食感は外側のバームクーヘン部分はやわらかいんですけど、中のりんごはちょっとシャキシャキしてて、おいしいんですよ、めちゃくちゃ……。

　おれたちきょうだい三人でアップルクーヘン分けて食べてたら、お母さんがこう言ったんです。

『朝ごはん、冷蔵庫に卵があったから、目玉焼き作ろうと思ったんだけど、すぐにガスが止まっちゃって、フライパンの上にタマゴ生のまま置いてきちゃった、ハハハ』って、ハハハってお母さん笑ってたんですよ、ハハハって……それが、すごい軽い感じの明るい笑い声で、でもだからこそ気持ち悪いくらい鮮明に記憶に残ってるんです。おれは見てないはずなんだけど、フライパンの上の生卵も……黄色い生卵……」

　奏人くんは、この間の日曜日、会津若松で暮らすお母さんと小学生の妹の三人で、震災後初めて大熊町の自宅を訪ねたそうです。

「美里さん、フライパンの上に目玉焼きが残ってたんですよ！　白身は干涸《ひから》びてもうなかったんですけど、黄身はうっすらと残ってて……」と、彼は家の中の様子を話してくれました。そして、握っていた手の平を開いて見せてくれたのは、鉄のロケットのキーホルダーでした。

「これ、小学生の頃の宝物です。大熊の家で見つけました。小道具の学生カバンにつけて舞台に立ってもいいですか？」

奏人くんは「静物画」の中でりょうとしての自らの体験を語ります。

その記憶や感情は、物語に託されて運ばれ、観客のもとに届けられます。

舞台の上では、いくら光に照らされていても、自分が剝き出しにされることはありません。

りょうは、幕が下りればいなくなる架空の人物ですが、きっと奏人くんが自らの体験を声にして解放する手助けをしてくれると思います。

「静物画」東京公演を終えて

三月十七日に、「静物画」の幕が下りました。

ちょうど一カ月が過ぎたわけですが、千秋楽の夜のことは昨日のことのように憶えています。

スタッフ十五人と、出演者の生徒十三人と顧問の先生二人と、全員でバラシを行いました。

近くのメキシコ料理屋で打ち上げを行い、みんなで歩いて宿に帰りました。

宿は、制作資金が著しく不足していたために、台東区入谷《いりや》にある一泊一人二千四百円の外国人バックパッカー向けのドミトリーでした。

わたしも含めてスタッフ・キャスト全員が、男女で二階と三階に分かれて、二段ベッドが連なっている部屋で（プライベート空間はカーテンで仕切られたベッドの上のみ）四日間共に寝起きして、日比谷線入谷駅まで歩き、三駅先の北千住駅で降りて、小劇場

BUoY《ブイ》に通ったのです。

　ドミトリーにはシャワールームしかないので、深夜一時まで営業している銭湯「白水湯《しろみずゆ》」を毎日利用しました。

　ガラッと戸を開けて脱衣所に入ると、りょう役の星萌々子《ほしももこ》さん（十五歳）と、まこと役の鶴飼夢姫《つるがいゆき》さん（十六歳）がちょうど風呂から上がって髪を乾かしているところで、お互い照れ笑いを浮かべたりもしました。

　最初のうちは、わたしは眠れるんだろうか？と心配しましたが、次第に集団生活のリズムが摑めてきて、一つの大きな家族みたいで楽しくなってきました。

　打ち上げの夜の出来事です。宿に戻ると、深夜零時過ぎでした。誰から誘うでもなく男子生徒たちとスタッフの何人かが、一階フロントの横にある共用ルームの大きな円卓に座って、差し入れのお菓子や残ったジュースを広げはじめました。

　生徒の誰かが、宿に備えつけられているジェンガをテーブルの上に置きました。わたしはその時初めてジェンガの存在を知りました。最初に同じ大きさの積み木を組んでタワーを作る。順番にタワーを崩さないように注意しながら片手で一片ずつ抜き取り、それを最上段に積み上げていくゲームです。

あゆむ役の新妻駿哉《にいつまとしや》くん、はる役の大田省吾くん、照明スタッフの小林祐稀《ゆうき》くん（三人とも十六歳）とわたしは、一時間以上ジェンガで遊びました。

みんな疲れているはずなのに、眠い目をこすりこすり、「ギネス、四十段らしいよ」「よし、挑戦する？」「ダーメだって！　いきなりそこ攻《せ》めちゃ！」などと騒ぎながら、積み木を抜き、重ね、崩し、また最初から積み木を組んで——、わたしは生徒たちとジェンガをやりながら、なんかこれは芝居の稽古みたいだな、と思いました。

芝居は、毎日同じ役を演じ、同じ台詞を繰り返すのですが、昨日の稽古でうまくできたものを惜しげもなく崩し、新たなものを見つける気概《きがい》で稽古に臨まなければ、必ずつまらなくなっていきます。

「稽古を積み重ねるという意識を捨ててください。一回一回崩す。同じものしか掴めないとしても、崩して、もう一度拾いあげる、それを千秋楽の最後の舞台まで繰り返す」と、わたしは何度も彼らに伝えました。

彼らも、ジェンガをしながら、「静物画」の稽古の日々を思い出していたのかもしれない。

でも、ジェンガをやめられなかったのは、たぶん、別れ難かったから——。

昨年の夏休みの始まりからずっと稽古を続けてきて八カ月間、彼らは誰よりも近い他者として役を自分の中に迎え入れ、役と共に「静物画」の世界を生きました。

幕が下りたら、もうその役を演じることはできません。

延々と朝までジェンガを続けていそうな雰囲気だったので、わたしは「明日は花やしきだから、もう寝よう」と席を立ちました。

翌三月十八日、朝早く起きて荷造りして、みんなで一八五三年開園の浅草の遊園地「花やしき」に行きました。みんなの希望は東京ディズニーランドでしたが、予算の関係で実現できなかった。

最初のお化け屋敷にはみんなで一列になってズルズル入り、その後は仲良し同士で散り散りになりまし

ジェンガに興ずる生徒たち

た。

女の子たちから「美里さん！　美里さん！　あれ一緒に乗りましょうよ！」と誘われて、大嫌いな絶叫マシーンにも乗りました。地上六十メートルまで一気に上がり、急降下する「スペースショット」に合計三回も乗って絶叫しました。「美里さん！　美里さん！」と別の生徒たちからも誘われ、断れなくて――。

みんなは午後一時には宿に戻ってバスに乗り、福島県双葉郡広野町へと向かわなければなりません。

十二時半になってお別れの時間が近づいた時、わたしは一人でメリーゴーランドに乗りました。

彼らと過ごした時間の何もかもが惜しく、泣き出しそうだったからです。

「静物画」は祈りのような芝居でした。祈りの時が終わり、祈りの声が消えた後も、その沈黙を慈《いつく》しむように、わたしは今、沈黙に浸っています。

小高の桜並木

季節の変わり目です。

毎年、この時期は愁訴感《しゅうそ》が強く出ます。

東由多加の命日が四月二十日、誕生日が五月十二日なのです。

東の病状は、桜が咲きはじめる三月の終わりに加速度的に悪化していき、主治医から「一週間後には意識がないかもしれない。意識があるうちに会わせたい人には会わせておいた方がいいでしょう」と伝えられました。

渋谷の自宅マンションと昭和大学附属豊洲病院の病室を行き来する道すがら目にした桜の花吹雪が、この世から剝離《はくり》していく東の時間のように見えました。

東は染井吉野《そめいよしの》が散って葉桜になり、八重桜《やえざくら》の花びらが舞い落ちる頃に息を引き取りました。

それから、わたしは昼も夜もない喪の時間を過ごしました。

五月三日、友人宅に一カ月半ものあいだ預けていた生後四カ月になる息子が帰宅しました。

五月五日の初節句の朝、息子をバギーに乗せて鍋島松濤《なべしましょうとう》公園へ散歩に行きました。坂道を下りて公園の入口をくぐり、バギーから息子を抱き上げてゆっくりと池の周りを歩きました。

空の青、雲の白、木々の緑、池の水車が跳《は》ね上げる水、全てが完璧な美しさを放っていることに、わたしは衝撃を受けました。

美しさに感動したのではありません。

その美しさを、手の届かないほど遠くに感じたのです。

まるで、自分が幽霊になったかのように――。

わたしは東と共に死出《しで》の旅に出て、赤ん坊を育てるために、この世に引き返したのだと気づきました。

二〇〇〇年の五月、わたしは美しさの中に取り残され途方に暮れていました。

十八回、春が過ぎました。

わたしは、二〇一五年の春から南相馬市で暮らしています。

東北の桜の開花時期は、関東よりも遅い――、それはもちろん情報としては知っていたのですが、こちらで実際に暮らしてみると、三月はまだ冬でストーブやダウンジャケットやマフラーや手袋が必要です。四月も寒暖の差が激しく、今年は南相馬の桜が満開になった四月十日に雪が降り、小高川沿いの桜並木の遊歩道には三センチくらい積もりました。

昨年はフルハウスの開店と重なったために桜を見る暇《ひま》が全くありませんでしたが、今年の春は仕事で小高を離れる時と雪や雨の時以外は、ほぼ毎日桜並木の下を歩きました。

小高区の住民数は徐徐に増えて三千五百人に達しましたが、散歩中に人と擦れ違うことは稀《まれ》です。でも、だからこそ、春に五感の全てを開くことができる。

日常の中で浴びるように春を体感したのは、生まれ

小高川沿いの桜並木の遊歩道

て初めてかもしれません。

東由多加の命日、四月二十日は、風のない穏やかな日でした。満開を過ぎた染井吉野の花びらがはらはらと散り、小高川の川面には花筏《はないかだ》ができていました。遊歩道は花びらの絨毯《じゅうたん》が敷かれていて、踏むのが惜しいくらいでした。

四月二十四日は、阿武隈《あぶくま》山地から吹き下ろされる風が強かった。土手の八重桜から流れてきた濃いピンクの花びらが顔や髪や服に貼り付きました。

二十七日は、染井吉野から落ちた蕚片《がくへん》で遊歩道が赤くなっていました。スニーカーの靴底の溝に入り込んだ赤い蕚が、帰宅した途端玄関に散らばり、我が家の老猫たちを喜ばせました。

今日は五月十二日、東由多加の七十四歳の誕生日です。

若葉で覆われた桜並木は遊歩道に日陰をつくり、小道の両側の雑草はふくらはぎ辺りまで丈が伸びていました。アスファルトのひび割れからは蟻が出入りし、かなりのスピードで小道を横断する茶色い毛虫に三匹も出くわしました。たぶん、スジモンヒトリ(蛾《が》)の幼虫です。モンキチョウ、ベニシジミ、クロアゲハもすぐ目の前を過《よ》ぎりました。川の上を滑空《かっくう》して虫を獲《と》るツバメ、ケッキョ、ケッキョとしきりに鳴き方を練習するウグイスの若鳥、ケーン、ケーンと遠くまでよく響く声でメスを呼ぶキジのオスの鳴き声――。

十九年前の五月に感じた季節からの疎外感は消え失せていました。

全ての生き物は、その個体の欲望を成就するために生きているのではない。生きる意味や目的は個の内に決して留まらない。個から飛び出し、他へと繋がっている。同じ種の命を繋げ、異なる種の命のリレーにも加わっている。

わたしが、この世に存在していることの意味も、わたしという個の内に在《あ》るのではない。わたしが何をしたいか、何をすべきなのかは、わたしが決めるべきことではない。

春が訪れたら、春に浸る。

風が吹いたら、風に吹かれる。

縁が繋がったら、縁に従う。

泳ぐのではなく、流される。

初夏の彩色と生き物の気配に包囲されていることを歓び、令和元年を寿《ことほ》ぎながら、わたしは川べりの小道を歩きました。

昆虫好きな息子

来年の一月に二十歳になる息子は大学に進学し、北海道で独り暮らしをしています。ゴールデンウイークには帰省をして、小高川沿いの遊歩道を歩いたり、原町や浪江《なみえ》の銭湯に行ったりしてのんびり過ごしました。

しかし、山形に野焼き前の昆虫調査に行ってから体調を崩し、ゴールデンウイーク終盤に高熱を出しました。北海道に戻る飛行機をキャンセルして自宅療養していたところ、わたしがインフルエンザB型を発症したので、息子のウイルスをもらったのだと思い込んでいました。

息子の具合はなかなかよくなりませんでしたが、大学の出席日数も気になるので、五月十二日に北海道に戻らせました。

何日かしてＬＩＮＥで「具合はどう？」と訊ねたところ、再び三八・五度の高熱が出て学校を休んでいるとのことなので、わたしは半ば強引に北海道に戻らせたことを後悔しました。そして、山形での昆虫調査の後に、息子の脚や首や腹部にヤマビルやダニの咬《か》み痕《あと》があったことを思い出しました。

マダニが媒介《ばいかい》する感染症には、「重症熱性血小板減少症候群（SFTS）」「日本紅斑《こうはん》熱」「ライム病」「回帰熱」「ツツガムシ病」などがあり、いずれも治療が遅れれば、重篤《じゅうとく》な後遺症をもたらし、死に至る場合もあります。

わたしは、最近のダニ媒介感染症での死亡例のニュースを息子に送り、近くの総合病院で血液検査をするよう伝えました。

血液検査の結果が出たのは、五月二十九日でした。ライム病か回帰熱に感染しているということで、ミノサイクリンを処方されました。

二週間後の検査で、白血球値が高いのでミノサイク

幼い頃の丈陽

リンが効いていない可能性があると主治医から伝えられ、六月十四日に新宿の国立感染症研究所に隣接している国際医療研究センターで採血を行いました。

息子は十四日～十七日まで小高の自宅で静養していたのですが、耳下《じか》のリンパがパンパンに腫《は》れて頭痛と倦怠感《けんたいかん》がひどい、と訴えました。

十七日の夜、息子は小高を出発して東京のビジネスホテルに一泊し、国立国際医療研究センター病院に採血の結果を聞きに行きました。

ライム病の疑いが強いということで、検査結果が確定する一週間後まで入院を勧められたそうです。入院するのであればミノサイクリンより強い抗菌薬を点滴で投与できるというのに、心の準備ができていなかった息子は入院を断り、経口薬《けいこうやく》を服用して安静にしていれば入院しているのと同じだと言い張りました。

「入院すればよかったのに」と思わず口にしたのは、わたしはテレビ出演のために翌日から二日間東京で過ごさなければならず、息子の看病をすることができないからです。

息子は電話口では、感染研の研究者が経過観察を論文に書くかもしれない（つまり患者として研究対象になるかもしれない）などと言い、珍しい感染症になったことで気分が高揚している様子でした。その気持ちは、昆虫の分類学者を志している息子のメンタリティーを考えると理解できないことはないのですが、親としては心配で堪《たま》りません。昨夜も、眠る前に感染研のホームページに記載されているライム病の症状や治療法などを読みはじめたら、次々とインターネットで調べてしまい、眠れなくなりました。

息子が昆虫好きになるように育てたのは、母親のわたしです。

バギーに乗せて散歩に出るたびに、まだ言葉をしゃべれなかった息子に、ヤマケイポケットガイドの昆虫図鑑の写真に実物の昆虫を並べて名前や雌雄を教え、植物図鑑で、その昆虫の食草を教えたりもしました。

一歳を過ぎて、よちよち歩きを始めた息子は昆虫や植物を指差しては、それらの名前を口にしました。

わたし自身、ものごころついた頃から大の昆虫好きで、昆虫採集と飼育と図鑑を読むことに没頭し「虫博

士」というあだ名で呼ばれていたこともあります。

わたしは、この世の中で二番目に好きだった本の仕事をし、一番好きだった昆虫は趣味に留《とど》めています。

息子の関心や興味は、そのまま真っ直ぐ昆虫や植物に向かいました。大学でも昆虫の研究を行い、将来は博物館の学芸員になりたいと言っています。そのこと自体は大変喜ばしいことなのですが——。

でも、考えようによっては、病気になって具合の悪さに落ち込んだり、治癒するのかどうか不安に陥って眠れなくなったりするよりかは、珍しい病もまた未知との遭遇《そうぐう》だとワクワクする気持ちを持っていた方がいいのかもしれない。

息子の名前は丈陽《たけはる》です。

丈には、「思いの丈を打ち明ける」の「全部」という意味があり、太陽のように自分の全てで周囲を明るく温かく照らしてほしい、という願いを込めて命名しました。もしかしたら、息子は母親のわたしを心配させないように明るく振舞っているのかも——。

「転」の連なり

七月も半ばに差し掛かると、今年も半分が過ぎたのだな、となかなか実現できずにいることに対する焦りや、時間の無さに対する苛立ちみたいなものがせり上がってきます。

六月二十二日に、わたしは五十一歳になりました。

年齢というものは、なる前に想像していたのと、なってからの実感には大きな隔たりがあります。

若い頃は、五十歳というと、老齢の入口だと思っていました。

息子が生後三カ月の時、五十四歳でこの世を去った東由多加は病床でこう言っていました。

「もう演劇では、やりたいことは全部やった。心残りは何もなかった。でも、あなたが赤ちゃんを産んで、心残りができてしまった。丈陽と話がしたい。あと二年生きたら、丈陽と話ができる。この子の記憶に全く残らないで死ぬのは、つらい」

長崎西高校の演劇部から始まった東由多加の演劇人生は、天井《てんじょう》桟敷《さじき》、東京キッドブラザースへと続き、末期癌を宣告された一九九九年までに自らの作・演出によるミュージカル八十作品を上演していました。

もう演劇には心残りはない、という東の言葉は、演劇人としての矜持《きょうじ》に裏打ちされていた。

だから、わたしも、五十歳になるまでには、いつ死んでも悔いが残らないように自分の作品世界を完成させて、残りの人生は時間に焦ることなく、じっくりと小説に取り組もうと思っていました。

五十歳以降は起承転結の結を仕上げるのだ、と——。

しかし、そうはいかなかった。

東日本大震災と原発事故が起きて、わたしは、ここ、

南相馬に転居したからです。

臨時災害放送局で、「被災者」の切迫した苦痛の声を聴きつづけたわたしは、自分の作品世界の完成を第一に考えることができなくなってしまった――。

自分というのは確固とした不変の存在ではなく、他者との出会いによって流動するものだと気づいたのです。

わたしは、他者と顔を合わせ、他者の声に耳を澄まし、他者の要請（無意識の要請を含む）に応える形で、いま、わたしが行うべきことは何かを自らに問いながら、前に進んでいます。それは、「結」という終点がある道程ではなく、延々と他者に巻き込まれ、他者を巻き込んでいく「転」の連なりです。

共に過ごせる今

毎日、帰省している息子と二人で小高川沿いの遊歩道を歩いています。

盆入りの昨日は、あちこちにアブラゼミの死骸が転がっているので、踏まないように気をつけなければなりませんでした。つまみ上げると脚を僅かに動かす蟬もいれば、既に蟻に食い荒らされて頭部のない蟬もいました。

桜並木の上からは夏の終わりを告げるツクツクボウシの鳴き声が降り注いでいました。空を見上げると、電線にツバメが三羽つかまっていました。しきりに首を回して、試すように片羽根を伸ばしている様がいかにも子どもらしく、巣立って間もないのだなと思いました。親鳥が飛んできて餌をやらないかとしばらく見上げていましたが、わたしたちを警戒しているのか、親鳥は近寄ってきませんでした。小高川に目をやると、ツバメの親鳥たちが滑空や旋回を繰り返して虫を獲ったり水を飲んだりしていました。

「親が餌をやるのは巣立ってから一週間くらいだっていうから、もしかしたら、もう一週間経《た》っちゃったのかもしれないね」と、来年の一月で二十歳になる息子は額の汗を首のタオルで拭きました。

「今夜は雨の予報だけど、あの雛《ひな》鳥たちはどこで寝るんだろう。まだまともに飛べなさそうだから、カラスやトンビに襲われる危険もあるじゃん。ツバメが渡るのは、九月半ばから十月の終わり頃だよね。暖かい国に行くんだよね。どの辺りだっけ?」と訊ねると、息子は歩きながらスマホで検索して答えました。

「台湾、フィリピン、マレー半島、オーストラリアなど時速四十五〜五十キロメートルほどのスピードで三千〜五千キロメートル移動する」

「無事、目的地に渡って、来年の春にここに戻って親になることができる雛は、きっと半分もいないんだろうね」

それから、わたしはオスカー・ワイルドの『幸福の王子』の物語を息子に話して聞かせました。昔よく布団の中で仰向けになり、一つの枕に二つの頭を並べて絵本や児童書を読み聞かせてやったものですが、今となっては、いつそれをやめたのかも思い出せない。おそらく十歳頃までは読み聞かせてやっていたと思うのですが——。

と、ウグイスの声が聞こえました。

「今頃?」

息子が桜の木を見上げました。

「ホー、ケピョって、なんか下手《へた》くそだね。鳴き方が下手過ぎて、パートナーを見つけられなかったんじゃない? あんた、鳴き方教えてあげな」

息子は、四歳からフルートの個人レッスンを受け、中学・高校と吹奏楽部に所属していたので、ウグイスの鳴き真似が得意なのです。

息子は咳払いをして喉を整えてから、ホーホケキョ!と鳴いてみせ、ピルルルル、ケッキョ、ケッキョ、ッキョと谷渡り鳴きをやってみせました。しばらく辺りは静まり返っていましたが、どこかに潜んでいるウグイス氏は息子に負けじとさっきより大きな声で鳴きましたが、やはり、ホー、ケピョにしか聞こえません。

わたしたちは、桜の並木道が途切れるところまで歩いて折り返しました。息子が伸びをした腕の動きに驚いて、十羽ほどの鴨が草むらから飛び立ちました。鴨や白鳥などの水鳥は、桜が咲く頃からゴールデンウイーク頃までにシベリアの方を目指して渡去《ときょ》しましたが、幾組かの鴨のつがいが小高川に留まり、雛を育てていたのです。

「餌付けされて肥《ふと》っちゃった鴨は渡りをやめるそうだけど、小高で餌付けしてる人なんて見かけないよね。でも、子鴨も親鴨と見分けがつかないほど立派に成長してるじゃん？　雛の時からあんまり数が減ってない。あの鴨一族は小高に定住するかもね」とわたしは言いました。

わたしたちが日課にしているのは、休まずに歩き続けるウオーキングではなく、立ち止まることが多い散歩です。時には、道にしゃがんで小さな蛾や蠅《はえ》の死骸を巣に運ぶ蟻を見つめたり、桜の幹にとまる蟬を手で捕まえたりしながら、息子の進路のことや、鎌倉で暮らすバーバ（息子の祖母であり、わたしの母でもある）の近況を息子から聞いたり、フルハウスや青春五月党の話をしたりします。

親子関係というのは時には難しく、言葉と思いが擦れ違い、誰よりも近い他人のように感じて、悲しく、苦しく、淋しくなることもある。

「わたしは子どもと向き合う時間が足りなかったのではないか？」と過ぎた時間を悔やまない親の方が少ないと思うのですが、最近になって、向き合おうとし過ぎたのではないかと反省しています。

大きな問題が起きた時ほど、家の中で向き合うことをやめて、外に出る。近所でも遠出をしてでもいいから、とにかく歩く。歩いていると、強張った顔と心がほどけるのを感じる。歩きながら、川や空や土や草や木や鳥や虫と挨拶を交わすような心持ちになることができれば、たいていの問題はなんとかなるような気がしてきます。

自然と触れ合うということは、生と死を我が身に帯電することでもあります。散歩に出ると、いつか、この世界から自分が抜き取られることを強く意識します。

わたしも息子も限られた生を生きている、だから、共に過ごせる今という時が尊いのだ、と——。

「ある晴れた日に」

わたしはいま、岩手県花巻市《はなまき》の大沢《おおさわ》温泉に缶詰になっています。缶詰とは、締切の迫った原稿を書かせるために、作家をホテルや旅館などの密室に閉じ込め、担当編集者が監視することです。

有名なのは、川端康成、三島由紀夫、池波正太郎《いけなみしょうたろう》など数多くの作家が利用していた神田駿河台《するがだい》の山の上ホテルですが、自前の缶詰施設を持っている出版社もあります。その一つが、新潮社の本社ビルの近くにある新潮クラブという二階建ての一軒家です。Yさんという初老の女性が、食事や掃除の世話をしてくれたり、出入りを見張ったりしてくれます。

十五年ほど前、幼稚園児だった息子と共に新潮クラブに缶詰になったことがあります。鍵のかからない部屋で、昼夜問わずいきなり、「どうですか?」と担当編集者がやってくるので、次第に幻聴や幻覚に苛《さいな》まれるようになり、しまいには来てもいない編集者に「すみません、ちょっと一時間だけ仮眠してました。すぐ書きますから」と謝るような精神状態に陥ったので、Yさんの目を盗んで鎌倉の家に逃げ帰りました。

十代の頃から、長いものを書く時は、書き上げるまでは帰らない、と心に決めて旅に出ていました。

閉館してしまったところもあるのですが、長野県安曇野《あづみの》市にある中房《なかぶさ》温泉、栃木県奥《おく》鬼怒《きぬ》温泉にある加仁湯《かにゆ》、静岡県河津《かわづ》町七滝《ななだる》温泉にあったつりばし荘、熱海市初島にあった初島クラブ――、平均滞在期間は半年、最長は八カ月間です。

今回の大沢温泉は、今日で十六日目です。到着した日は日中三十度を超え、エアコンがついていない部屋なので夜通し扇風機を回していたのですが、今夜の気温は十三度、明日は十一度まで下がると聞き、慌てて掛布団をもう一枚借りました。

わたしが泊まっているのは自炊部で、温泉療養のための施設です。建物内には炊事場（調理器具や食器は無料）やコインランドリーが完備されています。基本料金は三千円くらいですが、チェックイン時に必要なものを帳場に伝えます。掛布団二百円、敷布団二百円、マットレス二百円、シーツ七十円、枕十円、浴衣《ゆかた》二百円、扇風機三百円、ストーブ六百二円という具合に加算され、だいたい一泊四千円は超えます。布団や電化製品などを車に積んで長期滞在する方も多いそうです。

　缶詰の目的は、青春五月党の新作戯曲「ある晴れた日に」を書くためです。

「ある晴れた日に」の稽古は十月頭からなのですが、戯曲が十月七日発売の『悲劇喜劇』（早川書房）に掲載されるので、締切は九月半ば。ラストシーンがなかなか思い付かず、締切を二日延《の》ばしてもらって、昨夜入稿しました。

「ある晴れた日に」は、喪失がテーマです。

　東日本大震災の地震、津波、原発事故で、掛け替えのないものを失った時のことを、「まるで、昨日のことのようだ」と語る人もいれば、「なんだか夢を見ているような気がする。本当に起きたことだなんて信じられない」と語る人もいます。

　天災に遭わなくても、わたしたちは病や事故によっ

大沢温泉自炊部

て大切な人を失うという体験をします。わたしも、何人もの大切な人を病や自死によって失いました。

二十年前には、東由多加を癌で失いました。

彼と過ごした十五年間と、彼を亡くしてからの二十年間は、彼の命日である二〇〇〇年四月二十日によって分け隔てられ、全く別の人生を生きているような気がします。二つの時間の行き来は、あの世とこの世、前世と現世ほどの距離があるのではないか——。

「ある晴れた日に」は、現在する過去を描いた戯曲です。現在の時間と、現在に潜在する過去の時間を、二つの部屋と二人の男として表し、一人の女が二つの部屋を行き来する構造になっています。

この二週間、わたしは、東由多加と暮らした日々の中にいました。

二人で暮らした部屋の細部を思い出し、二人で話したことや、二人で旅した場所を思い出しました。

毎日一時間ほど散歩に出ます。アスファルトの上に落ちた栗やどんぐりやくるみ、一羽だけで電線に留まっているカラス、ガードレールの蜘蛛《くも》の巣に引っかかってしまった赤トンボ、蕎麦《そば》畑の白い花やコスモスの花の前で、わたしは足を止めます。

その時、彼の視線を感じるのです。

そして、「見て」「見てるよ」と静かに言葉を交わします。

大切な人の死は、遺《のこ》された人の心に落ち、悲しみの波紋を広げながら遠ざかっていきますが、わたしは、その波紋を消したくありません。

その人が大切ならば、その人を失った悲しみもまた大切なのです。

二〇一九年　「ある晴れた日に」

「こういう時こそ、小説や芝居が必要だ」

台風19号で、福島県は大きな被害を受けました。三十の河川が氾濫《はんらん》し、死者は三十人、今なお川や土砂に流され行方不明となっている人の捜索が行われています。

わたしが暮らす南相馬市小高区でも、小高交流センターで働く市職員が車ごと水に流され死亡しました。

十月十三日の午前零時四十分頃、彼は避難所開設の残業を終えて車に乗りました。十分後に、「交差点が冠水していて、車が水に沈んだ。でも、なんとか車から脱出した」と区役所に電話があったものの、その後、音信が途絶えて行方がわからなくなりました。警察と消防で捜索したところ、午前五時三十分頃に彼の遺体が見つかったそうです。享年二十五——。

二〇一一年三月十一日、彼は十七歳で高校二年生でした。多感な時期に、地震、津波、原発事故を経験した彼が、地元の公務員となったのは、単なる労働としてではない、自分らしさを求めるのでもない、地域のために尽くすという使命感を持っていたのだと想います。おそらく、彼の親御さんはわたしと同年代でしょう。

通常ならば、市職員の業務は五時には終了します。彼のお母さんは台風対応で疲れ果てた息子のために、食事と風呂を用意して、テレビの台風情報を見ながら、まだか、ずいぶん遅いな、と彼の帰宅を待っていたはずです。

警察からの電話が鳴った瞬間の、彼の家のリビングの様子を想像すると、胸が潰れそうになります。

福島県では、いわき市、相馬市、新地町、南相馬市など広範囲で断水が続いています。

原発事故の影響で、子育て世帯が避難先に定住したために、南相馬市では一挙に高齢化が進みました。車の免許を返納した独り暮らしのお年寄りや、老老介護

「ある晴れた日に」の稽古風景

を行っているお宅も多い。断水が長引けば、感染症にかかるリスクも高まるし、泥だらけの道を杖《つえ》をついたり歩行器を押したりして給水所まで向かうことは困難です。

そんな中、青春五月党は、新作公演「ある晴れた日に」を上演しなければならない。台風が近づいていた十月十一日にも、わたしは『福島民報』の取材を受け、翌十二日に記事が掲載されました。まさか一日後に多数の死者が出て、長期間の断水が起こるような被害が出るとは予想だにせず——。

「ある晴れた日に」で、主人公を演じるのは、長谷川洋子《ひろこ》さんです。

二〇一一年三月十一日、洋子さんは福島県立いわき総合高校の二年生で、演劇部に所属していました。（いわき総合高校で演劇の授業を受け持っていたのが、今回「ある晴れた日に」を演出する前田司郎さんです）

洋子さんは、水害で亡くなられた市職員の彼と同じ学年です。

洋子さんは、ツイッターにこんな言葉を投稿していました。

「実家の町は冠水して断水して。なんかもう、ぐちゃぐちゃだ」

芝居の稽古は、台風の一日を休んだだけで、毎日行われていますが、洋子さんだけではなく、断水エリアに実家がある制作スタッフもいます。

昨夜、わたしは、相馬で兄夫妻を津波で亡くし、遺児二人を育てている友人に、この時期に芝居をやることを、どう思うかと訊ねてみました。

「震災の後、福島は元々予定されていた展覧会が中止になったの。放射能の影響が心配だからって。そんな中、伊藤若冲《じゃくちゅう》の世界的コレクターであるアメリカのプライス夫妻が、美しいもので人の心を救いたい、と若冲の展覧会を、福島、仙台、盛岡で開いたの。なんかね、とても泣きそうな優しさと美の力を感じた展覧会だった。偶然にもプライス夫妻に会えてサインもらえたんだよ！　こういう時こそ、美里姉が心血注いで創ってきた小説や芝居が必要だと思う。こういう時だからこそ、小高、仙台、盛岡で、『ある晴れた日に』を上演してほしい」

彼の言葉に、わたしは励まされ救われました。

「ある晴れた日に」初日のフルハウス

彼の家は、今回の台風でも浸水被害に遭いましたが、仙台公演の千秋楽に観に来てくれるそうです。

二〇一一年三月十一日から、わたしは自分の重心を自分の外に置いてきました。自分が場所や人を選んだのではありません。臨時災害放送局で六百人のお話を収録する中で、他者との偶発的な出遭いが次々と生じて、その縁に引き寄せられるように鎌倉から南相馬に転居して、本屋を開き、芝居を創ってきました。自分が語る言葉ではなく、自分が聴く言葉によって導かれたとも言えます。

「ある晴れた日に」は、二〇一一年三月十一日の朝と、今日の朝を行き来する物語です。

今回の水害で、津波の記憶が蘇り、悲しみで眠れない夜を過ごしている人も多いと思います。わたしは、泣きやまない悲しみを引き受け、腕で揺すってあやし、子守唄をうたい、静かに眠らせるような芝居を創りたい——。

悲しみを追悼する

「ある晴れた日に」の幕が下り、十日が過ぎました。

「ある晴れた日に」は、逆境の中で稽古を進めました。

福島県内で三十二人の死者を出した十月十二日の台風19号による断水がようやく解消されたと思った矢先に、十月二十五日に福島県の浜通りは再び豪雨に見舞われました。

その日、わたしたちはLa MaMa ODAKAで稽古をしていました。初めての舞台稽古で、セットのベッドやテーブルの位置、出ハケの距離や暗転中の動き、音響のタイミングや音量などを一つ一つ確認しながら変更する大切な時間でした。

日が落ちた頃から雨は激しさを増し、二十時二十五分に南相馬市内全域に発令されていた避難勧告が避難指示となり、河川の氾濫と土砂災害の危険性が高まったとして、自宅玄関に設置してある防災無線から「建物の二階など、高いところや、安全と思われる場所に避難してください」という女性職員の相馬弁のイントネーションの呼び掛けが聞こえてきました。テレビでは「小高川が氾濫危険水位を超えたので、浸水や氾濫に厳重に警戒してください」とアナウンスされていました。

我が家は小高川から約五百メートルの距離にあり、南相馬市が作成した洪水ハザードマップの浸水域に入っています。

稽古を早めに切り上げて、出演者三人を双葉屋旅館（小高で営業している唯一の旅館）に送って行くと、川が氾濫して駅前の道が冠水し、旅館の玄関が浸水していたので、三人は靴と靴下を脱いで裸足で入らなければなりませんでした。

三人を安心させようとしたのか、宿を切り盛りしている四代目の女将《おかみ》・小林友子《ともこ》さんは、「わたしが子どもの頃は、よく小高川が氾濫したのよ。懐かしい」と言って笑ったそうですが、二〇一一年三月十一日の津波は小高川を遡上《そじょう》し、双葉屋旅館の玄関まで到達しています。わたしは、「三月十一日」と言わずに、「子どもの頃」と笑った友子さんが、その瞬間に呑み込んだ不安や恐怖や苦痛を想わずにはいられませんでした。

翌朝、三人がコンビニエンスストアに買い物に行くと、水が引いた道路に何匹もの魚が打ち上げられていたそうです。その様子を聞いて、あの雨があと三十分降り続いていたら、我が家も床上浸水していただろう、とわたしは奥歯を噛み締めました。

そして、「ある晴れた日に」を、この地で上演する意味を自分に問いました。

現実の中では関係性によって語り掛ける人を選別するけれど、演劇では、その時、その場所に集《つど》った目の前の一人一人に言葉を語り掛ける。

言葉は、言葉にならない沈黙によって支えられている。

その沈黙を、その場で伝えられるのは、演劇しかない。

演劇では、語らい合うこともできるし、語り得ないことを真ん中において、黙り合うこともできる。

俳優は声と沈黙で観客の体と心に触れる。その声と沈黙を、観客が体と心で受け止めた時、両者の間で感情や体験が響き合い、深いところで共振が生まれる。

演劇や小説の言葉を真に必要としているのは、不幸

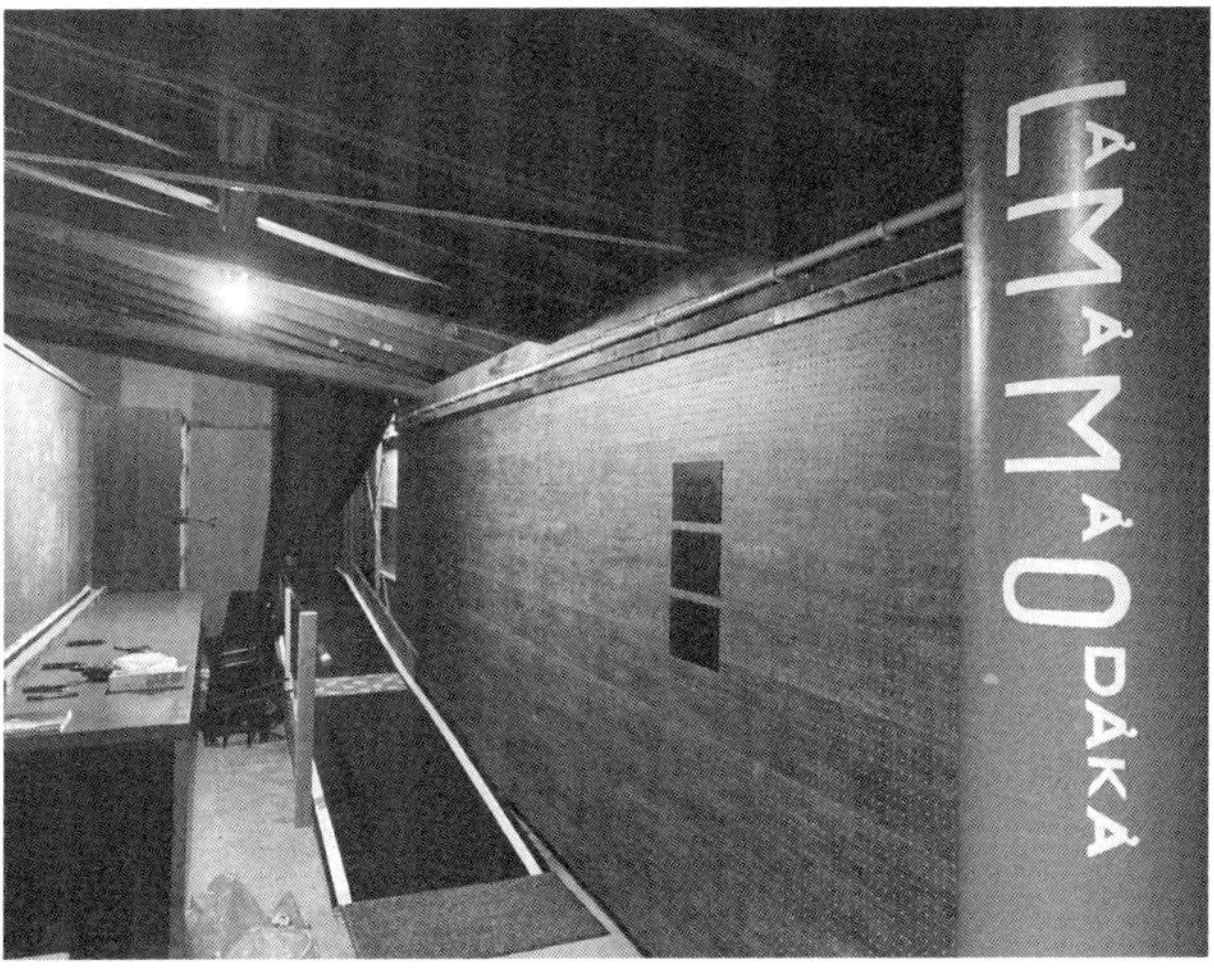

や不運に直面している人だ。
言葉が、言葉としての役割を最終的に問われるのは、自分と他者の不幸や不運に直面した時だ。

と、自分に言い聞かせてみても、濁流や土砂崩れで亡くなった人々やご家族や、自宅が浸水した人々のことを考えると、とても芝居を観に来てほしい、と言えるような心持ちにはなりませんでした。

しかし、わたしは、青春五月党の主宰者なので、万が一、空席をたくさん出してしまったら多額の借金を負うことになり、次の公演を打つことが難しくなります。

わたしの心は千々に乱れ、歯を食い縛り過ぎたせいで、奥歯と顎に激痛が走り、右頬が腫れ上がってしまいました。市販の痛み止めの錠剤を次々と服《の》んではみたものの痛みは一向に治まらず、上の歯と下の歯が当たっただけで飛び上がるほど痛いので、具のないスープや味噌汁や豆腐やプリンやヨーグルトしか食べられないという中で、「ある晴れた日に」の幕が開いたのです。

二日目の夜、寝ている間に自分の奥歯を噛み砕いてしまったようで、朝起きると口の中に歯の欠片がありました。

案に相違して、「ある晴れた日に」は大成功でした。小高、盛岡、仙台の全ての回がソールドアウトとなり、当日券を求める人の長い列ができて、観劇を諦めていただくしかないという事態にまでなりました。

悲しみに沈むのでも浸るのでもなく、悲しみに励ましや慰めや忘却を押しつけるのでもなく、悲しみを悲しみのままの姿で飛び立たせ、そこに集った観客と共に悲しみを追《つい》悼《とう》する時間を持てたと思います。

わたしは幕が下りた翌日から、仙台の歯科医院に通っています。今日も明日も、右奥歯の治療のために仙台に行かなければなりません。治療の後に、来年の夏休みに開催する「浜通り舞台芸術祭」の打ち合わせを行いました。

歯を治したら、再び言葉の役割を絶えず問われる場所で、わたしは言葉と向き合います。

知ったことの責任

青春五月党の「ある晴れた日に」の小高公演の千秋楽に、宮城県の女川町《おながわちょう》から一人の女性が観に来てくれました。

彼女は、女川駅近くにある宿泊施設エルファロの女将の佐々木里子さん（五十一歳）です。

女川港は、リアス式海岸南部の牡鹿《おしか》半島に位置する天然の良港で、中心部は水深があり、全国有数の秋刀魚《さんま》の水揚げ地です。養殖も盛んで、主力の銀鮭の他にも、牡蠣《かき》、ホタテ、ホヤなどが有名です。前方に太平洋、後方には黒森山、小萩山《こはぎやま》、石投山《いしなげやま》などの山々が屏風のように広がった静かで美しい港町に、八千百九十六人が暮らしていました。

しかし、東日本大震災の大津波は人々が避難をした山間部にも襲来し、浸水地域は海抜約二十メートルにも達し、港周辺の商業施設や公共施設のほとんどは水没、町の八割が浸水しました。九百十五人が死亡・行方不明となり、女川で家族や親族や友人を失わなかった人はいません。

東日本大震災と原発事故による被害の大きかった沿岸部では二十四の臨時災害放送局が開設されました。わたしが聴き手を務めていた南相馬ひばりエフエムの「ふたりとひとり」は、同じ臨災局の女川さいがいエフエム、陸前高田災害FM、おたがいさまFM（福島県双葉郡富岡町）などでも毎週放送されていました。

わたしは担当ディレクターの今《こん》野《の》聡《さとし》さんと二人で、「ふたりとひとり」番外編として女川や陸前高田や富岡の仮設住宅がある郡山で出張収録を行っていました。

二〇一三年四月の終わりに女川を訪れました。

当時は、四十万トンにも及ぶ津波瓦礫の撤去作業がようやく終盤を迎えようとしているところで、至る所で嵩上《かさあ》げ工事を行っていて、行き交う大型トラックが舞い上げる砂《すな》埃《ぼこり》で、かつて町だった場所は白く烟《けぶ》って見えました。

わたしたちは、エルファロに宿泊しました。

震災前に女川町で営業していた十二の旅館は、サッカーチーム「コバルトーレ女川」を中心としたスポーツ関連の来客や、女川原子力発電所の作業員などで平均七〇〜八〇パーセントの稼働率だったそうです。

津波で八軒が全壊し、廃業を決断する旅館が相次ぐ中で、復旧・復興の工事に従事している建設・土木作業員の宿泊場所がないという問題が浮上しました。

そこで、津波で流された四軒の旅館「奈々美《ななみ》や旅館」「にこにこ荘」「星光館」「鹿又屋《かのまたや》」の経営者たちが話し合い、協同組合を設立して二〇一二年十二月にエルファロがオープンしたのです。

空色、エメラルドグリーン、クリーム色、ピンクなどのパステルカラーの真新しいコテージでした。

わたしたちは、食堂になっているトレーラーハウスで朝ごはんを食べた後、エルファロを切り盛りされている佐々木里子さんにお話をうかがいました。

奈々美や旅館は、水揚げされたての魚介類を使った刺身や焼魚や煮魚や、里子さんのご両親が拵える家庭料理が自慢の宿でした。

旅館の仕事が大好きだったという里子さんは、小学校から帰るとエプロンを着けてご両親のお手伝いをして、奈々美やの看板娘として宿泊客を「行ってらっしゃい！」と人懐こい笑顔で送り出していました。そんな里子さんを見て、ご両親は「三代目は里子だな」と言い、その言葉がまた里子さんにはうれしかったそうです。

結婚を契機に一度は女川を離れますが、「そんなに旅館が好きなら、みんなで女川に戻ろう」というご主人の提案を受けて、家族全員で女川に戻りました。

二〇一一年三月十一日、里子さんは息子さんを保育所へ迎えに行き、いったん自宅に戻ると、「先に逃げろ。わたしたちは後から行くから」と、お母様から通帳や毛布を渡されました。

里子さんは娘さんを小学校まで迎えに行き、自宅に戻ろうと車を進めると、対向車から戻れと合図されます。見ると、車のすぐ後ろには津波が迫っていて、必死で車をUターンさせて高台に逃げました。里子さんたちはお母様が持たせてくれた毛布にくるまって避難所で一夜を過ごしました。

女川町のエルファロ

仙台の姉宅に身を寄せますが、女川へ帰りたいという思いを抑え難くなり、震災から僅か十日後に女川町内の中古住宅を購入し、三カ月後には暮らしはじめます。

震災時、里子さんのお父様は七十七歳、お母様は七十四歳でした。

「母がまだ見つからないのは、わたしが母の死に耐えられないとわかっているからなのかもしれない。母は、わたしを案じて、帰ってこないのかも……」

その言葉を聴いた時、わたしは泣きました。

里子さんは、涙を流しているわたしの目を真っ直ぐ見て、こう言ったのです。

「泣いただけで終わらせないでください。知ることには責任が伴います」

わたしは、里子さんの言葉を六年間抱え続け、「ある晴れた日に」という戯曲に、この言葉を託したのです。

「彼がまだ見つからないのは、きみが彼の死に耐えられないからじゃないかな？　だから、彼はまだ海にいる。大きな船に乗って、長い航海をしてるみたいに……」

里子さんは、『河北新報』のインタビューで、柳さんが、わたしの言葉をずっと考え続け、それをお芝居にした、と話していて驚いて……」と、あの時と同じように真っ直ぐわたしの顔を見ました。

終演後、「芝居を観ながら、ずっと泣いていた」「他のお客さんがいなかったら、わたし、柳さんに抱きついている」と里子さんは言いました。

わたしは、知ったことの責任を背中から降ろしたわけではありません。

今年は、エルファロに泊まりに行きます。

あとがき

子どもの頃から、わたしはよく迷子になります。

これが地図ね、と手渡されても、紙の上の地点と、自分の今いる場所を一致させることができません。グーグルマップで音声による経路案内をしてもらっても、東西南北や左右がわからず、スマホをぐるぐる回転させたり、自分自身がぐるぐる回転したりします。

つい先日も――、芝居の打ち合わせと飲み会を終えて、山手線の終電で東京神田のビジネスホテルにチェックインしました。そこまでは、数人のスタッフと一緒だったから迷うことはなかった。

部屋にスーツケースを置いて一人でフロントに下り、五分ほど歩いたところにあるコンビニでミネラルウオーターとヨーグルトとバナナとチョコレートを購入しました。

店の外に出た途端に、自分が右から来たのか左から来たのかわからなくなり、一本一本道を潰して行くしかないかと歩いているうちに、一時間が過ぎ、二時間が過ぎて、もう一度コンビニからやり直そうと思って引き返したつもりが、見たことのない道を歩いているような気がして、恐怖と疲労で立ち竦《すく》みました。こういう時は、スタッフに電話して、近くの店やビルの名前を伝え、どこにいるのかをインターネットで調べてもらうのが常なのですが、スマホをホテルの部屋に忘れてしまった——。

でも、財布は持っている、ホテルの名前も憶えている、と気持ちを落ち着かせて、わたしは大通りに出てタクシーに向かって手を挙げました。タクシーの運転手にホテルの名前を告げると、「すぐ近くだよ。お金もったいないから歩いて行きなよ。ほら、ここ、十分もかからない」とカーナビを見せられて、仕方なく車から降りるしかありませんでした。

徒歩十分の場所にあるのだから、と気を取り直してホテルへの道を探してみましたが、三十分歩いても辿り着かないので、再び大通りに出て別のタクシーをつかまえ、ようやくホテルに到着することができました。空はすっかり白んでいましたが——。

わたしは子ども時分から、日本語をしゃべれない振りをした方がわかりやすく道を説明してもらえるかもしれないと真剣に思うほどの方向音痴なので、もしかしたら、なんらかの問題があって視空間認知能力が低いのかもしれません。

目的地までの経路にある建物の特徴を詳しく説明してもらい、そのメモを確認しながら歩けば、辿り着くことができる場合もあるのです。

たとえば、こんな説明をしてもらえれば……。

「駅の改札口を背にして、バスのロータリーの向こうを見てください。不動産屋とリサイクルショップのテナントが一階に入っている白い五階建のマンションとタクシー会社の間の道を真っ直ぐ進んでください。コンビニを通り過ぎると、緑のとんがり屋根の小児科が見えてきます。小児科の前の小道を曲がってください。児童公園があります。我が家は、ブランコの後ろの茶色い煉瓦づくりの二階屋なんですが、駐車場に真っ赤なフォルクスワーゲンが停まっていて、出窓にミッフィーのぬいぐるみがたくさん並べてあるから、すぐにわかると思います」

でも、迷わない場所が、いくつかあります。

いま暮らしている場所と、かつて暮らした場所です。

南相馬では、三年間暮らした原町区南町にある夜ノ森公園、相馬農業高校、山田鮮魚店の辺り。よく散歩をした東ヶ丘《あづまがおか》公園、本陣山《ほんじんやま》、博物館、雲雀ヶ原《ひばりがはら》の辺り。今の自宅のある小高区東町周辺。小高駅から真っ直ぐ続く駅通り、小高川沿いの桜並木の遊歩道、村上海岸、大悲山《だいひさん》の磨崖仏《まがいぶつ》、浦尻貝塚の辺り。

小高の隣の浪江町では、なんと言っても、請戸《うけど》川リバーラインの桜並木……。

これらの場所は、もし、目が見えなくなっても、はっきりと思い描くことができるでしょう。

今際《いまわ》の際《きわ》に走馬灯のように過去が蘇るというのが本当だとしたら、きっときらきらと流れて最期の瞬間を彩ってくれると思います。

知らない場所を迷いながら歩く時は、緊張で硬くなった体を自分と世界を隔てる境界線のように感じますが、よく知っている場所を歩く時は、自分と世界の境界線が溶け、体と心が世界に解き放たれるような気がします。

そんな時、わたしは歩きながら、歌を口ずさみます。

今日もわたしは、夕陽の赤が静かに広がる南相馬の町を、小声で歌を口ずさみながら歩いています。
いま、ここに在る、という自分の位置を確認しながら――。

二〇二〇年　新春

柳　美里

謝辞

本書を出版するに際して――、
『第三文明』の掲載誌と共に送られてくる中村智雄《ともお》さんの感想は、全て保管してあります。読み返すと、どんなに気持ちが鬱《ふさ》いでいても、書こうという気持ちに点火してもらえます。中村さん、ありがとうございます。

朝川桂子《けいこ》さんと共に世に出す本は、『春の消息』に続いて、今回の『南相馬メドレー』が二冊目になりますね。朝川さんと会うと、温かく優しい眼差しに照らされて、ささくれ立ったわたしの心を手当していただくような気がします。朝川さん、ありがとうございます。

大島光明さんには、いつも、応援と承認と理解をしていただき、大変感謝しています。また、ゆっくり、お話をしたいです。

鈴木成一さんの装丁は、毎回出来上がってくるのが楽しみです。特に、エッセイ集や対談集の場合は、鈴木さんの装丁を目にして初めて一冊の本としての存在が立ち現れます。

今回の装丁は、わたしがなんの気なしにスマホで撮っていたブログの写真を、これとこれ、とピックアップしていただき、これ?と不思議でしたが、気取りや作為のない美しい装丁になったと思います。ありがとうございます。

本書は月刊誌『第三文明』に連載された
「南相馬メドレー」（二〇一五年十二月号～二〇二〇年二月号）に
加筆・修正したものです。

カバー写真　著者
ブックデザイン　鈴木成一デザイン室
本文ＤＴＰ　安藤 聡
本文写真　著者／宍戸清孝（P.139）
編集協力　『第三文明』編集部
編集ディレクション　朝川桂子

柳 美里 （ゆう・みり）

小説家・劇作家。一九六八年、茨城県土浦市生まれ、神奈川県横浜市育ち。高校中退後、劇団「東京キッドブラザース」に入団。俳優を経て、一九八七年、演劇ユニット「青春五月党」を結成。一九九三年、『魚の祭』で、第37回岸田國士戯曲賞を受賞。一九九四年、初の小説「石に泳ぐ魚」を『新潮』に発表。一九九六年、『フルハウス』で、第18回野間文芸新人賞、第24回泉鏡花文学賞を受賞。一九九七年、「家族シネマ」で、第116回芥川賞を受賞。著書多数。二〇一五年から福島県南相馬市に居住。二〇一八年四月、南相馬市小高区の自宅で本屋「フルハウス」をオープン。同年九月には、自宅敷地内の「La MaMa ODAKA」で「青春五月党」の復活公演を実施。

南相馬《みなみそうま》メドレー

二〇二〇年三月一一日　初版第一刷発行

著者　柳《ゆう》　美里《みり》

発行者　大島光明

発行所　株式会社　第三文明社
東京都新宿区新宿一－二三－五　郵便番号一六〇－〇〇二二
電話番号　〇三（五二六九）七一四四〈営業代表〉
〇三（五二六九）七一四五〈注文専用〉
〇三（五二六九）七一五四〈編集代表〉
URL https://www.daisanbunmei.co.jp
振替口座　〇〇一五〇－三－一一七八二三

印刷・製本　藤原印刷株式会社

 ISBN978-4-476-03390-8